KB069460

사서, 고생

사서, 고생

책보다 사람을 좋아해야 하는 일

김선영 지음

차례

프롤로그_ 6

1장. 어쩌다, 사서_ 책을 좋아하지 않아도 괜찮아

어쩌다, 사서 … 13

책, 싫어해도 괜찮아 … 20

자주 보아야 사랑스럽다 … 28

자신감이 중요해 … 35

진짜 사서가 되고 싶어서 왔니? … 44

오늘을 견디고 내일을 기대하는 일 … 52

One City One Book … 59

2장. 도서관 분투기_ 사서도 직장인입니다

사서 고생하는 직업 … 69

정답이 없어 어려운 도서 구입 … 77

유혹적인 서가 만들기 … 87

어떤 업무가 가장 힘드냐고요? … 96

사서가 수영장 관리라뇨? … 105

불합격했다고 실망하지 마세요 … 113

도서관에서 와인 소믈리에 자격증 따기 … 121

도서관은 무한 변신 중 … 129

3장. 모두에게 열린 공간_
도서관을 여행하는 법

어린이 자료실의 어느 날 … 141

단골 이용자, 가깝고도 먼 사이 … 149

도서관에 오기 좋은 날씨는? … 158

이상한 분실물 가게 … 167

열린 공간으로서의 도서관 … 175

책 독촉은 힘들어 … 182

도서관을 도와주시는 분들 … 189

유아실에서 전기가 통한다구요? … 197

바이러스 유행으로 변화하는 도서관 … 203

다시는 문 닫는 일 없기를 … 210

에필로그_ 221

누가 직업을 물어보면 답하기가 머뭇거려진다. 사서라고
말하면 곧바로 책 좀 아는 사람으로 낙인찍히기 때문이다.

"어머, 책 많이 보시겠어요! 요즘 뜨는 책 좀 추천해 주
세요!"

"사실은 책 표지만 많이 보거든요…"

"…"

내가 종합자료실에 근무하면 잘나가는 책 정도는 추천
해 줄 수 있겠지만, 어린이실만 근무해도 그림책과 가까
워지는 대신 성인 책과는 거리가 멀어진다. 보직에 따라
아예 책 표지조차 구경하지 못할 수도 있기에 책 관련 질

문은 나를 당황하게 만든다.

직업을 말하기 꺼려지는 이유가 또 하나 있다.

"도서관 사서라니 정말 부럽다. 더울 때 에어컨 나오고 추울 때 따뜻하고, 편히 앉아서 좋은 책 많이 보니 얼마나 좋아."

명절 때 친척이 덕담으로 해주신 말이지만 나에겐 '명절 망언'이 되었다. 사서라고 하면 책이나 꽂는 세상 편한 한량으로 보는 분들이 있어 이 또한 나를 당황하게 만든다.

도서관에도 업무 스트레스로 소화불량, 디스크, 우울증을 겪으며 매일 사표를 품에 안고 다니는 직원들이 꽤 있다. 이용자에게는 책과 문화, 교양이 넘치는 공간이라 직원들도 우아하게 있을 것 같지만 사서들에겐 생존을 위한 치열한 일터일 뿐이다. 책은 한 줄도 읽지 못하면서 야근이 잦은 보직도 많다. 사서가 다른 직업에 비해 힘들다는 건 절대 아니다(나도 양심은 있다). 만족하며 다니는 사람도 많지만, 죽지 못해 다니는 사람도 있는 평범한 일터라는 거다.

사서는 '자격증'이 있는 직종으로 바코드만 긁지 않는다. 바코드 긁는 흉내를 내며 "이렇게 '삐익 삐익' 하는 거죠? 진짜 편하겠다."라고 말하는 분들이 분기별로 한 명씩 나타나는데 들을 때마다 혈압이 솟구쳐 나도 모르게 째려보게 된다.

문헌정보학과가 뭐 하는 과인지 모르고 들어왔고 책을 좋아하는 사람도 아니어서 도서관에서 일하기 전까지는 사서에 대해 무지했으니 할 말이 없기는 하다. 고등학교 때 친구들과 떠들어서 몽둥이를 든 도서관 직원에게 쫓겨난 이후 도서관은 내 구역이 아니라고 결정하고 근처도 얼씬거리지 않았다. 그 후론 나에게 사서란 조용히 하라고 다그치는 무서운 사람일 뿐이었다.

누구나 자신의 주관적 경험으로 세상을 보게 되니 제일 눈에 띄는 '사서＝바코드 기계' 공식은 자연스러운 현상인지도 모르겠다. 나도 사서가 되지 않았다면 사서를 바코드 찍는 사람이나 책 지킴이 정도로 생각하지 않았을까? (요즘은 RFID 자동화 시스템으로 바뀌어서 사서가 바코드를 찍지 않는다.)

이런 오해들을 풀고자 사서가 되기 전까지 나도 몰랐던 사서의 속 모습을 드러내려 한다. 20년간 도서관을 다니며 내가 지금 시트콤을 찍고 있는 걸까 싶을 정도로 황당한 일이 많았다. 이 판도라의 상자를 제대로 열면 화제의 신간은 자신 있지만, 현직에 있는 관계로 적당한 선에서 아슬아슬 외줄 타기를 해야 해서 글을 쓰는 내내 안타까웠다. 글에 등장하는 인물들도 함께 생활했던 직원이거나 이용자이기에 최대한 알아볼 수 없게 성별, 나이, 직업 등을 각색했다.

책과 전혀 친하지 않은 내가 무엇에 홀린 듯 사서가 되었고 사서 에세이까지 쓰다니 정말 사람 일은 모를 일이다. 이 바닥에서 20년이나 버티었으니 책 한 권은 낼 수 있지 않나 하는 생각이 들다가도, 내가 쓴 글이 혹시 도서관에 누가 되지 않을까 걱정이 앞선다.

같은 공공도서관이라도 운영 주체 및 규모에 따라 사서의 업무 환경이 다르고, 한 도서관 안에서조차 보직에 따라 다양한 삶이 존재하며, 그 간극이 생각보다 크다. 나의 이야기는 사서의 다양한 삶 중 한 명이 겪은 개인적인 경험이라고 생각해 주었으면 좋겠다. 소설가 '하퍼 리'는 "작가로서의 삶을 시작하는 사람들에게 글쓰기 재능을 연마하기 전에 뻔뻔함을 기르라고 말하고 싶다."라는 말을 했다. 써놓고 나니 부끄러운 나의 경험을 뻔뻔함 하나 얼굴에 장착하고 세상에 내놓으려고 한다.

나의 사서 분투기가 '도서관에 별의별 일들이 다 있네.' 하며 재미있는 읽을거리가 되기를, 또 다른 누군가에게는 사서의 생활을 엿볼 수 있는 작은 창이 되기를 소망해 본다.

1장

어쩌다, 사서

책을 좋아하지 않아도 괜찮아

어쩌다,
사서

"김선영 선생님! 빨리 화장실에 숨으세요!!"

점심 먹고 올라오는데, 3층에서 어떤 직원이 고개를 내밀며 다급히 외쳤다. 2층 계단을 올라가다 불이라도 났나 싶어 바로 옆 화장실로 급히 몸을 피했다.

뜨거운 햇살이 내리쬐는 2001년 8월 1일, 이렇게 나의 도서관 생활은 시작되었다. 숨겨준 직원은 하늘하늘한 원피스와 화려한 샌들에 양산을 곱게 쓰고 나타난 내가 충격적이었다고 했다. 혹시나 내가 관장님한테 찍힐까 숨겨주었다는 말을 듣고 나는 나대로 충격을 받았다. 발목 뒷부분에 신발을 받쳐주는 끈이 없어 걸을 때 딱딱 소리가

나는 것이 문제였다. 지금 생각해도 신발이 좀 요란하긴
했지만, 관장님이 신발로 크게 문제 삼았을 것 같진 않은
데… 그만큼 직원들이 따뜻했던 것 같다. 이 따스한, 아
니 더운 기운은 오전부터 시작되었다.

첫 출근, 떨리는 손으로 사무실의 문을 열었을 때 직원들
이 반갑게 맞이해 줬는데 약간 과하다는 느낌마저 들었다.
"김선영 선생님, 도서관 생활이 생각과 다르다고 그만
두시면 안 됩니다. 우리가 잘해줄 테니까 걱정 말아요,
호호호."
과장님의 웃음소리는 롤러코스터가 최고 높이에 도착
하기 직전 덜컹덜컹 흔들리는 소리처럼 느껴졌다. 앞으로
무엇이 기다리고 있길래 힘들게 합격한 공무원직을 그만
둘 거라 생각하시는 걸까?
공공도서관 사서는 돈을 많이 버는 직업은 아니다. 계
약직 비율이 높아 고용환경도 좋지 않다. 흔히 구립도서
관 사서를 공무원이라고 생각하지만 대부분 구청에서 위
탁받은 기관의 소속직원으로, 고용체계, 임금, 처우 등이
천차만별이다. 시청, 교육청 등에서는 약간의 사서 공무
원을 채용하고 있다.

자리로 돌아와 당황한 마음을 애써 눌렀다. 도서관 생활에 기대하는 것이 없기에 잘 버틸 수 있다고 다짐했다. 새로운 자리를 정리하다 보니 이 자리에 오기까지 있었던 일들이 머릿속에 파노라마처럼 스쳐 지나갔다.

나의 장래 희망은 어렸을 때부터 흔들림 없이 초등학교 선생님이었다. 집에서 인형을 앞에 두고 가르치는 흉내를 내며 꿈을 키워나갔다. 대학교 입학원서를 낼 때도 무조건 교육대학교였다. 하지만 세 개의 대학을 지원할 수 있다 하여 급하게 두 곳을 추가하였다. 이렇게 문헌정보학과는 원서 내기 직전에 결정되었다. 학과 안내 팸플릿을 뒤적이다 '정보화 시대를 맞이하여 정보 탐험가로서'로 시작되는 소개를 읽고 무엇을 가르치는 곳인지 이해는 되지 않았지만 그럴듯해 보였다. 교대에 합격할 것이라고 믿었기 때문에 신중하게 생각하지 않았다.

예상과는 달리 교대에 낙방하고 세 개의 원서 중 문헌정보학과를 쓴 대학만 합격했다. 고3 무렵 스트레스로 인해 불안증이 생겼다. 천장이 무너질까 걱정되어 공부가 안 될 정도로 정신 상태가 좋지 않았다. 재수는 어렵다고 판단했고 어쩔 수 없이 합격한 대학에 가기로 했다. 보통 문헌정보학과 하면 책을 좋아하는 사람들이 들어오는 과라고 생각하는데 막상 가보니 나처럼 학과 소개 팸플릿에 속아 들어온 사람도 꽤 있었다. 책이 좋아서 사서가 된 사람이 생각보다 적은 것처럼 말이다. 분류, 도서관 경영, 서지학, 정보서비스론 등 책 관리와 도서관 운영을 위한 학과목은 지루했다. 별생각 없이 들어왔으니 망정이지 책을 좋아했다면 크게 실망했을 것 같았다.

책이 좋아서 도서관에 취직하려고 문헌정보학과에 뒤늦게 입학한 어느 작가가 딱딱한 과목과 건조한 학생들의 성향에 충격을 받았다는 이야기를 읽은 적이 있다. 작가가 졸업했던 문예창작과와는 분위기가 너무 달랐다고 했다. 같은 문헌정보학도로서 공감 100배 되어 혼자 깔깔깔 웃었던 기억이 있다.

대학을 다니면서도 사서가 되어야겠다는 생각은 없었다. IMF 여파로 취직도 여의치 않았다. 졸업 후 인터넷 관련 벤처회사에 들어갔으나 회사가 1년 만에 망했다. 아버지까지 원치 않는 명예퇴직을 하게 되었고, 5년 동안 사귄 남자친구와도 결별했다. 하나만 일어나도 힘든 시련들이 동시에 터지자 괴롭다기보다는 현실을 믿을 수 없었다. 얼떨떨했다. 사랑하는 사람이 갑자기 죽으면 받아들이고 슬픔을 느끼기까지 시간이 걸린다는 게 이런 느낌일까? 천주교인으로서 사는 동안 근처에도 가본 적 없는 점집을 찾아가 점을 보았다.

"어둠이 깊으면 새벽이 온다는 말이 있죠? 지금은 고통스러워도 곧 좋은 날이 옵니다. 조금만 참으세요."

점쟁이의 이 한마디가 내 인생의 구원이 될 줄이야! 나락으로 떨어졌던 나는 지푸라기라도 잡아야 했다. "곧 좋은 날이 옵니다." 이 말 한마디를 꼭 붙들고 하루하루 버티었다. 사람이 곤경에 처하면 사소하고 엉뚱한 것이 힘이 되기도 한다는 것을 알게 되었다. 그 후 지금까지 점을 보러 간 적도 없고 믿지도 않는다.

첫사랑의 실패로 결혼은 하지 않겠다고 결심했다. 혼자 살기 위한 대책으로 공무원이 되고 싶었다. 그때쯤 대학교 졸업 후 바로 공무원 시험을 준비한 친구가 합격하여 나타났다. 얼굴이 훤해진 친구를 보며 높은 경쟁률에 주저했던 지난날들을 후회했다. 회사 생활 1년이 시간 낭비라고 생각하니 마음이 아팠다. 친구가 얼마나 부러웠던지 친구 이마에서 공무원이라는 세 글자가 번쩍번쩍 빛나는 것만 같았다.

단순히 공무원이 되는 게 목표였기 때문에 많이 뽑는 일반행정직에 지원하려 했다. 공무원 학원에 등록하러 갔다가 우연히 게시판에서 사서 공무원 채용 공고를 보았다.

'지원 자격: 사서 자격증 필수'

특별한 자격증을 요구하지 않는 일반행정직보다 경쟁률이 낮을 거라는 기대감 하나로 사서직을 선택했다. 막상 지원하고 보니 뽑는 인원이 적어 오히려 경쟁률이 높았다. 사서 공무원에 대해 미리 알아보았더라면 지원하지 않았을지도 모른다. 사서에 대한 큰 뜻이 없어 구체적인 정보가 없었던 것이 득이 되었다. 쥐도 궁지에 몰리면 꿈틀한다고 했던가. 죽을 각오로 공부했고 한 번에 합격했다.

'어떻게 합격한 곳인데 그만둔다니 말도 안 돼.'

과장님의 의미심장한 웃음소리가 귓가에 맴돌았지만 마음을 다잡으며 다시 자리 정리를 시작했다. 누군가는 사표를 쓰고 다른 곳으로 갔다지만 나는 망할 걱정 없는 직장에 들어온 것만으로도 감사했다. 전임자가 그만둔 후 내가 들어오기까지 공백이 있었고 그 업무를 다른 직원들이 대신하느라 고생이 많았다고 했다. 그래서 내가 또 그만둘까 직원들이 걱정했던 것 같다.

도서관 생활은 생각만큼 쉽지 않았다. 과장님의 묘한 웃음소리로 시작된 롤러코스터는 정신없이 달리기 시작했고 오르락내리락하며 어느새 20년째 버티고 있다. 대학을 졸업하자마자 한 번에 합격한 직원들은 사기업에 대한 환상이 많았다. 도서관이 좋은 직장이라고 아무리 설명해도 소용없었다. 내가 워킹맘으로 고군분투할 때 육아휴직을 해보고 나서야 전업주부의 환상을 버릴 수 있었던 것처럼 말이다.

인생이라는 파도가 직진하려는 나를 자꾸 엉뚱한 곳으로 데려다 놓아서 화가 나고 좌절도 했다. 대학 다니는 내내 교대에 다니는 친구들을 보면 가슴이 찢어질 듯 아팠다. 트리플 고난이 닥쳤을 때는 내 인생은 왜 이리 꼬이기만 하나 한숨이 터져 나왔다. 하지만 시련이 없었다면 그렇게 열심히 공부할 수 있었을까? 막상 도서관에 들어와 초등독서회를 운영해 보니 초등교사 대신 사서가 된 게 다행이라는 생각마저 들었다. 원망스러웠던 파도가 데려다준 종착지가 생각보다 마음에 든다. 사서라는 직업은 거스를 수 없는 나의 운명이었나 보다.

책,
싫어해도 괜찮아

사서에게 필요한 자질은 무엇이 있을까? '사서' 하면 보통 책을 좋아하는 사람이 갖는 직업이라고 여긴다. 하지만 나는 공공도서관 사서에게 가장 필요한 자질은 '사람을 좋아하는 마음'이라고 생각한다. 도서관은 지역 주민을 위한 서비스 기관이자 책을 매개로 한 커뮤니티 허브이기 때문이다. 즉 사서는 '책'보다는 '오는 사람'에게 관심을 기울일 수 있어야 한다.

어떤 직원은 자료실에서 매일 새로운 사람 만나는 것을 괴로워했다. 특별한 민원이 없어도 사람을 대하는 것만으로 기가 빨린다고 했다. 차라리 야근을 하더라도 사무실에서 일하고 싶어 했다. 하지만 사무실도 사람과의 관계를 피할 수 없다. 지역 주민의 요구를 파악하여 흥행할 수 있는 행사를 기획해야 하고 강사와도 원만하게 지내야 한다. 핸드폰에 좋은 강사 연락처가 많은 것이 업무 능력 중 하나일 정도다.

나는 강사 이력서에 적혀있는 출간 저서도 읽어보고 특이 경력이 있으면 꼭 여쭤본다. 이런저런 대화를 나누다 보면 요즘 트렌드나 새로운 강좌 개설에 대한 힌트를 얻기도 하며 뜻하지 않게 삶의 지혜도 배울 수 있다.

8년 동안 다섯 번의 이직을 한 끝에 책을 통해 삶이 변화했다고 말씀하시던 독서 토론 선생님, S대 호텔 경영학과 출신으로 유명 호텔에서 근무하시다 로비 양탄자에 미끄러져 크게 다친 후 꿈을 포기해야 했지만 영어 회화 강사로 새 삶을 도전하신 분의 이야기는 지금도 내 마음속에 남아있다.

한번은 매달 진행하는 어린이 행사를 담당한 적이 있었는데, 예산이 넉넉지 않았다. 다행히 강사님들이 재료를 준비해 주시기도 하고, 강사료도 예산 상황에 맞게 조정해 주셨다. 추가 강사료 없이 보조 강사님을 모셔와 주시기도 했다. 강사와 담당자라는 업무로 만났지만, 그 이상의 인간관계를 맺어놓았기 때문에 가능한 일이었다.

도서관에는 10년 넘게 같은 독서 동아리나 평생학습 교실에 참여하시는 분들도 많은데 이분들과의 소통도 중요하다. 직원은 2~3년 순환보직이니 오랜 수강생에 비해 정보가 부족한 반면, 장기간 활동하신 분들은 많은 정보와 주인의식을 가지고 있기에 단순한 수강생이 아니다. 이런 점을 간과하고 주변과 유사 프로그램을 줄이고 특색 프로그램을 늘린다는 등의 이유로 소통 없이 프로그램을 폐강 혹은 축소한다면 그야말로 된서리를 맞을 수 있다.

자원봉사자와의 관계도 중요하다. 모 도서관 시각장애인실에는 녹음 봉사, 점자도서 입력 봉사 등 장기적으로 활동하시는 봉사자가 수십 명씩 들락날락했는데 그분들과 원만한 관계를 유지하며 즐겁게 생활하신 분도 있고, 유독 힘들어하는 직원도 있었다. 자기는 원래 살가운 성격이 아니라며, 평소대로 행동한 것이 자꾸 오해를 사는 것 같아 괴롭다고 했다. 성격상 바쁠 때는 봉사자가 와도 인사를 하는 둥 마는 둥 하게 된다고 한다. 가끔 그 모습에 서운해하는 분들이 있는데, 봉사자의 마음을 풀어드리기 위해 편지까지 드렸다는 말을 듣고 친화력의 중요함을 다시 한번 느꼈다.

친화력 외에도 요즘에는 기획력의 중요성이 점점 커지고 있다. 도서관 주간, 독서의 달, 책의 날 등 온갖 특별한 날과 관련하여 얼마나 다양한 이벤트가 쏟아지는지 몇몇 도서관 홈페이지만 둘러보면 금방 알 수 있다. 자료실에 오시는 손님에게 사랑 고백을 하듯 책 속 명언이 적힌 장미꽃을 나눠드리기도 하고, 대출 도장을 모으면 커피 쿠폰을 주는 등 지역 주민에게 친밀하게 다가가기 위해 노력하고 있다. 퇴근길에 장미꽃에 달려있던 명언 쪽지만 지하철 바닥에 흩어져 있어, 사랑이 거절당한 듯한 아픔을 느끼긴 했지만 말이다.

기획의 중요성을 뼈저리게 느낀 적이 있다. 초등학생을 대상으로 토론 행사를 마련했는데 모집이 안 되었다. 토론대회 심판 경력의 전문가를 섭외하여 이번 행사는 잘되겠지 생각했기에 당황스러웠다. 해결 방법을 고민하다 강사분이 토론하면서 발표할 때의 태도와 말하는 법도 지도해 주신다고 하셨던 게 생각났다. 홍보문에 토론 기법 및 스피치를 지도해 준다는 문구를 하나 더 넣으니 갑자기 문의가 쇄도하며 단숨에 마감되었다. 마케팅 전략과 홍보에 따라 물건 판매량이 좌우되듯 같은 행사도 문구 하나에 따라 쪽박 행사가 대박 행사로 변신하기도 한다.

보기 좋은 떡이 맛도 좋다는 말처럼 글로 포장하는 능력은 요즘 내가 절실하게 갖고 싶은 능력이다. 연차가 오래될수록 더욱 요구되는 자질인 것 같다. 개인 승진, 기관 평가 등 서열을 매기는 모든 것이 글로 어떻게 표현하는가에 영향을 받기 때문이다. 열심히 일했는데 아무도 알아주지 않으면 얼마나 힘이 빠지겠는가? 승진을 위한 실적서나 도서관 평가, 부서 성과 보고서를 작성할 때 어떤 포인트를 잡아 체계적으로 잘 작성하느냐가 중요하다. 이용자의 요구를 어떻게 반영했고, 어떤 난관을 극복했으며, 이런 효과가 나왔다는 스토리가 필요할 수도 있다. 나의 실적뿐 아니라 부서나 도서관의 실적 평가가 개인의 글솜씨로 인해 영향을 받는다는 것은 부담스러운 일이다.

생각지도 못한 의외의 재능이 업무에서 두각을 나타내기도 한다.

"삼지창 들고 배에 19라고 적혀있는 코로나바이러스 캐릭터 봤어요? 코로나 캐릭터가 네온사인 밑에서 춤추다가 소독약 분무기를 맞는 그림이요."

"어머나, 그게 뭐예요?"

"어느 도서관에서 어떤 직원이 코로나로 인한 휴관 공지를 띄웠는데요, 그 안에 있는 캐릭터들이 얼마나 재미있는지 몰라요. 그 선생님은 프로그램 홍보문 그림도 주제에 맞게 그린다네요."

"와, 디자이너 사서네요. 홍보문 만들 때마다 어떻게 하면 눈에 띄고 예쁘게 만들까 항상 고민인데 직접 그릴 수 있으면 얼마나 좋을까요? 부럽네요."

"수시로 올라오는 공고문에 다양한 인물들이 등장하는데요, 실제 그 도서관에 근무하는 직원들을 캐릭터화해서 그렸대요. 최근에 손 소독제를 나누어 주는 행사를 했는데요, 그 선생님이 그린 캐릭터를 다 붙여놨다고 해요"

"와, 신박한 기획이네요. 능력자 선생님이 우리 도서관으로 발령 나면 좋겠어요."

소문만 무성한 금손 사서 선생님을 아직 만나보진 못했지만 이미 도서관 내에선 스타다. 홈페이지나 인스타그램에 공고문이 올라올 때마다 친한 직원들끼리 모여서 대단하다며 감탄사를 연발했다.

코로나로 인한 비대면 서비스 확대로 도서관마다 인스타그램, 유튜브 계정을 앞다투어 만들었다. 친한 직원이 인스타그램 담당을 하게 되었는데 각종 공지, 행사 안내,

휴관 속 직원들의 일상부터 소소하게는 도서관 나무에 핀 꽃까지 사진에 담아 올렸다. 운영을 잘하기 위해서는 사진 찍는 기술과 글쓰기, 소통 능력까지 요구되었다. 사서 연수 과목에 '유튜브 크리에이터' 과정이 신설되었는데 이젠 동영상 편집 기술까지 배워야 하나 싶어 나도 모르게 한숨이 나왔다. 어떤 도서관에서는 사서들이 모여 다양한 책 이야기를 함께 나누는 팟 캐스트를 성황리에 운영 중이라는 말도 들었다.

최근 우리 도서관은 줌이나 유튜브를 활용한 강의나 행사기획을 넘어 사서가 도서관에서의 일상을 브이로그로 만들어 유튜브 도서관 계정에 올리는 등 콘텐츠 생산자로의 역할이 강화되었다. 또한 플랫폼 기반의 가상공간을 활용, 메타버스 도서관을 오픈하기도 하였다. 이렇듯 도서관은 다양한 세대와 소통하기 위해 커뮤니케이션 수단을 다각화하는 등 이용자와 가까워지기 위한 노력을 멈추지 않고 있다.

아직도 사서 하면 책을 좋아하는 내성적인 사람이라고 생각하는 사람들이 많다. 책을 좋아하는 것이 도움이 되는 것은 확실하지만, 책을 좋아하지 않아도 뛰어난 다른 자질로 일을 척척 해내는 경우도 허다하다. 변화하는 사회 환경과 독서 정책으로 사서에게 요구되는 자질은 다변화하고 있다.

산이 가까운 우리 도서관에서는 피크닉 가방, 돗자리, 책, 소품을 패키지로 대여해 나들이를 지원하고, 참가자에게 바나나맛 우유 기프티콘을 주는 행사도 한다. 이제 사서는 책처럼 딱딱한 사람이 아닌 바나나처럼 말랑하고 달콤한 존재가 되어야 하지 않을까?

자주 보아야
사랑스럽다

"도서관을 사랑하세요?"라고 누군가 물어본다면 순간 멈칫할 것 같다. 확신이 없다고나 할까?

하지만 "책을 좋아하세요?"라는 질문에는 주저 없이 "네!! 쳐다보면 심장이 떨릴 정도로 사랑해요."라고 초롱초롱한 눈빛으로 대답할 수 있다.

앞에서 썼듯이 나는 책이 좋아서 도서관에 들어온 사람이 아니다. 책을 싫어했다기보다는 접할 기회도, 권유하는 사람도 별로 없었다. 공부 목적 외 종이 매체는 대학교 때 여성 잡지가 유일했다. 기숙사에서 살았는데, 그 시절은 여성 잡지를 서로 돌려 보는 게 유행이었다. 잠들기 전에 잡지 수십 권을 탑처럼 쌓아놓고 탐독했다. 나의 마음을 사로잡은 것은 잡지 뒤편에 실려있는 연애 이야기였다. 신나게 읽었던 연애 기술 중에 지금도 기억나는 것이 있다.

나에게 관심이 없는 남자의 마음을 사로잡기 위해서는 무작정 들이대지 말고 먼저 남자의 동선을 살피라는 것이다. 우연을 가장하여 최대한 남자의 눈에 띄게 해야 한단다. 사소한 에피소드를 만들다 보면 처음에는 이상한 여자가 언젠가는 특별한 여자가 될 수 있다고 쓰여있었다. '장미꽃을 소중하게 만든 것은 그 꽃을 위해 소비한 시간 때문'이라는 어린 왕자에 나오는 말처럼 말이다. 연애를 시작한 후에는 남자가 돈을 많이 쓰게 하여 지금까지 쓴 돈이 아까워서라도 못 헤어지게 만들라고 하는 괴상한 내용도 적혀있었던 걸로 기억한다.

잡지에서 터득한 연애 기술처럼 도서관의 책들도 끈덕지게 눈앞에 나타나서 결국 나의 마음을 가져가 버렸다. 처음에 책들은 화려한 표지들의 향연일 뿐이었다. 하지만 표지를 자주 보다 보니 내용이 궁금해졌다. 상대방을 알고 싶은 마음에서부터 사랑이 싹트는 것처럼 말이다.

매일 보아서 익숙한 존재가 기대하지 않은 순간에 절실하게 느껴지기도 한다. 나에게는 육아 휴직 기간이 그랬다. 휴직과 동시에 낯선 곳으로 이사하여 아는 사람도 없이 온종일 아이와 단둘이 지낼 때였다. 아기가 깨어있을 때는 아이 보느라 꼼짝 못 하고, 낮잠을 자는 동안은 밀린 집안일을 하는 생활이 반복되었다. 외로움까지 더해져 재활용 상자에는 빈 맥주 캔들이 수북수북 쌓여갔다.

어느 날 유모차를 끌고 산책을 하다가 서점이 눈에 띄었다. 눈에 익숙한 책 표지들을 보니 그리 반가울 수가 없었다. 육아서 코너를 쭈욱 돌아보았다. 아기가 우는 바람에 제목이 끌리는 책 하나를 정신없이 계산하고 나왔다. 얼결에 사 온 《랄랄라 긍정 육아》라는 발랄한 이름의 책이 누구도 위로해 주지 못했던 지친 나의 마음을 따뜻하게 안아주었다. 그 후론 잠을 줄이더라도 책 읽을 시간을 우선으로 확보하려 했다. 책이라는 친구를 만나고 빈 맥주 캔이 조금씩 줄기 시작했다. 그 당시 책이 아니었다면 어떻게 되었을까 하는 생각만으로도 아찔하다.

복직 후 어린이 도서관에서 근무하게 되었다. 당시 나는 독박 육아로 힘든 나날을 보내고 있었다. 내가 힘든 건 견딜 수 있겠는데 하루에 9시간을 어린이집에 있어야 하는 딸을 생각하면 마음이 아팠다. 내가 속해있던 자료실은 아동서뿐 아니라 엄마들을 위한 육아서 코너가 있었는데, 매일 정리하다 보니 자연스럽게 좋은 책들이 눈에 들어왔고 덕분에 마음을 다잡으며 힘든 생활을 버틸 수 있었다.

하루하루 버텨나가던 어느 날, 한 이용자가 물었다.

"요즘 어떤 육아서가 좋나요?"

질문을 듣는 순간 나의 동공은 커졌고 자리에서 벌떡 일어나 육아서 코너로 안내했다.

"이쪽으로 따라오세요."

적극적인 나의 태도에 이용자가 살짝 당황하는 것 같았다.

"이 책은 엄마가 행복해지기 위한 마음가짐에 대한 에세이예요. 비행기에서 비상시 산소 호흡기를 보호자가 먼저 쓰고 다음에 아이에게 씌워주라고 하잖아요. 먼저 나자신을 위하는 것이 아기가 행복해지는 길이래요. 저도 어린이집에 있는 아이 걱정을 많이 했는데, 이 책 덕분에 저를 돌봐야겠다는 생각이 들었어요."

"이 책은 엄마들의 고민에 대한 저자의 답변을 모은 책이랍니다. 아이마다 발달 단계가 다를 수 있으니 조금 느리다고 초조할 필요가 없다고 해요."

도서관 다니면서 이때처럼 성심을 다해 책을 소개한 적이 없었다. 아마도 힘든 시기를 같이 통과하는 사람으로서, 책을 통해 받은 도움을 함께 나누고 싶은 마음이었던 것 같다.

그 후 종합자료실로 발령 나면서 육아서로 싹이 튼 책에 대한 사랑이 본격적으로 꽃을 피우게 되었다. 하필 내 자리 바로 뒤에 예약도서 코너가 있었다. 이용자는 원하는 책이 대출 중일 때 예약을 할 수 있다. 책이 반납되면 예약자가 우선으로 빌려갈 수 있게 3일 동안 보관하는데 그 책들이 바로 내 뒤에 있었던 거다.

일하다가 지겨우면 의자를 뒤로 휙~ 돌렸다. 요즘 무슨 책이 인기 있나 구경하고 분석하는 게 반복되는 일상 속 작은 낙이었다. 잠깐 유행하다 마는 책이 있고 꾸준히 눈에 띄는 책이 있었다. 줄줄이 예약이 걸려 서가에 꽂힐 겨를이 없이 예약으로만 대출되는 책들도 있었는데, 도대체 어떤 내용이길래 인기가 이리 많나 궁금해졌다. 그렇게 눈에 들어온 책들은 서서히 나를 변화시켰다. 내 등 뒤에서 꿋꿋이 버티며 읽지 않을 수 없게 만들었고 덕분에 세상과 나를 바라보는 시각이 바뀌었다.

어느 날 친구를 만났는데 복권을 사러 가자고 했다.

"나 복권만 당첨되면 지긋지긋한 회사 당장 그만둘 거야."

"나는 그만둘 거라는 확신이 안 생겨."

"왜?!"

"…"

도서관을 돈 때문에 다닌다고 생각해 왔는데 친구의 물음에 선뜻 답할 수 없었다. 도서관 일이 책의 내용보다 책 표지와 관계가 많더라도, 책과 상관없는 프로그램과 행정 일이 넘쳐나더라도 책으로 둘러싸인 공간을 포기하고 싶지 않았다. 나는 마치 어린왕자에 나오는 사막여우의 바람처럼, 책에게 조금씩 길들여졌는지도 모르겠다.

네가 나를 길들인다면 내 생활은 환히 밝아질 거야.

그렇게 되면 난 네 발걸음 소리와 다른 발자국 소리를 구별하게 될 거야.

그리고 저길 봐! 밀밭이 보이지? 난 빵을 먹지 않아.

그러니 저 밀들은 내게 아무 의미도 없지.

하지만 황금색 머리카락을 가진 네가 나를 길들인다면 모든 게 경이로워질 거야!

그렇게 되면 난 황금빛 밀밭을 볼 때마다 네 생각을 하게 되겠지.

그리고 이내 밀밭 사이를 스치는 바람마저도 사랑하게 될 거야.

－《어린왕자》 中 사막여우가 어린왕자에게

자신감이
중요해

"선생님! 독서회를 어떻게 운영해야 할지 감이 오질 않아요. 초등학생하고 친하게 지내본 적도 없고 독서 지도도 막막해요."

"준비하느라 스트레스를 많이 받나 봐. 잘하려는 마음을 내려놓아야 해. 사람마다 스타일이 다른데 정답이 어디 있겠어. 나만의 방식으로 한다고 생각하고 마음 편히 해."

사서가 된 후 도서관 내 수업부터 학교 출장 수업까지 독서 관련 수업을 숨 쉬는 것처럼 많이 하여 이제는 일상이 되었지만, 시작은 힘들었다. 독서회 수업을 위해 책과 인터넷을 뒤져 나름대로 철저히 준비했는데도 아이들은 내 뜻대로 움직여주질 않았다. 수업 분위기 흐리는 몇 명이 문제였다. 성질대로 하면 조용히 하라고 소리를 빽 지르며 눈을 부릅떴겠지만, 나 때문에 도서관까지 싫어질까 봐 이를 악물고 참았다. 좋게 좋게 넘어가다 보니 수업 분위기는 점점 내 컨트롤 영역을 벗어나고 있었다.

다급한 마음에 무슨 짓이든 해야 할 것 같았다. 문득 시계를 보니 나에게 조언을 해준 베테랑 선생님이 독서회를 진행하는 시간이었다. '어떻게 수업하시는지 비법을 캐내리라.' 야무진 각오를 하고 비밀 업무를 수행하는 공작원처럼 살금살금 걸어가 강의실 벽에 귀를 딱 붙였다.

'헉! 내 수업 분위기와 별반 차이가 없는 이 어수선함은 무엇이지?'

아름다운 광경이 펼쳐질 거라는 예상이 빗나가 당황스럽기도 했지만, 한편으론 내 수업이 아주 밑바닥은 아닐지 모른다는 안도감이 스쳤다. 좀 더 용기를 내어 창문으로 흘끔 선생님의 얼굴을 보았다. 피로에 지친 표정을 예상한 나는 차분하고 여유가 흐르는 선생님을 보고 충격을 받았다. 아이들을 자유롭게 두면서도 돌출 행동에 중심을 잃지 않고 쥐락펴락하며 수업을 이끌고 계셨다.

'이것이 초보와 고수의 차이일까? 선생님이 강조하셨
던 잘하려는 마음을 내려놓는다는 게 이런 것일까?'

내려놓음을 말씀하신 선생님과 관련하여 내가 평생 잊
지 못할 일화가 있다. 지금도 자신감이 없어질 때마다 떠
올리는 사건이다. 도서관에서 규모가 큰 어린이 행사 발
대식을 하였는데 식전 행사로 그 선생님이 독서 지도 강
의를 하게 되었다.

"선생님! 대강당에 어머니들 꽉 찰 텐데 괜찮으시겠어
요? 구청 고위 공무원과 전문가들도 오신다고 했어요. 강
의 경험은 있으세요?"

"나 성인 대상으론 강의해 본 적 없어. 누군가는 해야
한다는데 다들 꺼려하니 내가 한번 해보지 뭐"

'요즘 엄마들이 독서 교육에 관심이 많아 웬만한 내용
에는 시큰둥할 텐데.'

'전문가를 앞에 두고 망신당하면 어떻게 하지?'

내가 강의를 하는 것도 아닌데 온갖 부정적 걱정들이
머릿속을 맴돌았다.

행사 당일 선생님을 보니 한쪽에서 대본을 들고 맹연습

을 하고 계셨다. 나는 초조한 마음을 감추고 과연 어떤 강의가 펼쳐질지 기대하며 서둘러 자리에 앉았다.

"아이에게 자기 전에 규칙적으로 책을 읽어주세요. 몸놀이를 함께 해주면서 읽으세요."

'뭐야~ 내가 다 아는 내용이잖아. 시시한 내용을 저렇게 진지하게 말씀하시다니!'

뻔한 강의에 실망스러웠고, 관객의 반응이 걱정되었다. 그런데 시간이 지나면서 믿을 수 없는 일이 일어났다. 선생님의 진지하고 자신감 있는 태도가 대중을 압도하기 시작한 것이다. 온화하게 엄마들과 하나하나 눈 맞춤 하는 것도 잊지 않았다. 나도 서서히 강의에 빠져들고 있었다. 인터넷 검색만 하면 누구나 알 수 있는 내용에도 불구하고 청중을 사로잡는 광경이 충격적이었다. 이 사건을 계기로 다른 사람이 나에게 보이는 태도는 나로부터 시작된다는 사실을 뼈저리게 느끼게 되었다. 당황스러운 상황이 닥쳐도 내가 위축되지 않고 당당하면 그만이다.

독서회를 운영한 지 몇 개월 후에 성인 자료실만 있던 도서관을 리모델링하여, 어린이 자료실을 새로 오픈한 도서관으로 발령이 났다.

"어린이 행사 많이 해보셨으니 마음껏 능력을 펼쳐보세요. 어린이 독서회도 새로 만드시고요."

규모가 있는 어린이 전문 도서관에서 독서회를 해보았다고 하니 내가 뭘 많이 안다고 생각하셨던 모양이다. 말도 안 되는 기대에 부담을 느꼈지만, 관장님 앞이라 "저 초보라 자신 없는데요."라는 말은 차마 하지 못하고 "네 ~ 열심히 해보겠습니다."라는 마음에도 없는 말이 나도 모르게 나와 버렸다.

예전 도서관은 독서회 전통이 깊고 인지도가 높아 가입 경쟁이 치열했다. 내가 허튼짓 좀 한다고 어머니들이 쉽게 아이들을 빼지 않는다. 하지만 처음으로 독서회를 만드는 이곳에서는 맨땅에 헤딩하는 셈이었다. 얼마나 모집할 수 있을지 걱정되어 한 달에 한 번 하던 모임을 두 번으로 늘렸으나 결과는 달랑 네 명이었다. 이 인원을 1년 동안 이끌고 가야 한다는 게 막막했다. 모임이라는 게 어느 정도 사람이 있어야 재미가 있다. 한 명이 안 나오기 시작하면 우수수 빠질 것 같았다. 이미 도서관 업무계획에도 들어갔기 때문에 실적을 채워야 한다. "애들이 안 나와 중간에 모임이 없어져 실적을 못 채웠어요."라고 비굴하게 말하는 모습은 상상만 해도 끔찍했다.

초등 1 · 2학년 친구들의 꾸준한 참석을 위해 지루하지 않도록 신경을 많이 썼다. 시각적 효과를 위해 파워포인트 자료를 만들고, 종이접기, 보드게임, 연극 놀이 등 흥미로운 활동을 기획했다. 초등 수업 만족도에 상당한 영향을 미치는 간식도 꼬박꼬박 챙겼다. 물심양면으로 노력한 결과 연말까지 네 명을 살려냈음을 물론이고 다음 해에는 모집인원이 꽉 찼다.

하지만 기쁜 마음은 잠시였다. 가지 많은 나무에 바람 잘 날 없다고 했던가. 첫 수업부터 한 여학생이 정신없이 돌아다녔다. 주의를 여러 번 주어도 소용없었다. 잠깐 보드에 필기하는 사이 '쿵' 소리가 났다. 깜짝 놀라 뒤를 돌아보니 책상 하나가 엎어져 있고 아이가 바닥에 누워 울고 있었다. 너무 놀라 뛰어가 보니 다행히 아이는 다치지 않았다. 어떻게 된 거냐고 물어보니 돌아다니던 아이가 바닥에서 장난으로 데굴데굴 구르고 있었고, 뒤에 앉은 친구들이 누워있는 아이를 보려고 일어서면서 고개를 숙이다가 책상이 앞으로 엎어졌다고 한다. 천만다행으로 책상은 누워있는 아이 팔을 살짝 스치기만 했고 아이는 소리에 놀라서 운 것이었다.

황당한 일은 끊이질 않았고 학생 수가 많아질수록 다양한 학생을 아우르기도 힘들었다. 어떤 학생은 수업 중에 내 얼굴에 침을 뱉기까지 했다. 배려를 잘하는 친구를 보면 너무 참아서 속상한 것은 아닐까, 말썽을 피우는 친구는 관심이 필요한 것이 아닐까, 매일 물건 자랑을 하는 친구는 마음에 어떤 상처가 있는 것은 아닐까 끊임없이 생각하며 고민했다.

그러나 막상 대처하려면 어떻게 해야 할지 몰라 막막하기만 했다. 아이가 돌발 행동을 일으키면 어머니들은 아무 말 없이 쌩하니 돌아서기도 하고, 내가 근무하는 자료실까지 찾아와 딸이 다른 학원에서도 문제를 일으켜 힘들다면서 아이가 독서회를 좋아하니 제발 계속 다니게 해달라고 사정하기도 했다. 나도 자식을 키우는 엄마로서 가슴이 아파 걱정 마시라고 위로하기도 했지만, 한편으로는 말썽을 피는 아이를 감당하지 못해 수업에서 내보내기도 하는 등 갈팡질팡의 연속이었다.

수업을 시작하면 각자 개성을 분출시키는 아이들 사이에서 정신이 없었고, 끝나면 기가 쭉쭉 빨려 정신이 혼미한 채로 나와 '초등교사가 되지 않기를 잘했다'는 생각을 하며 쓰러졌다. 아이들 하나하나에 최선을 다하자니 너무 힘들고, 기계적으로 아이들을 대하면 내 영혼이 파괴될 것 같았다. 내 적성이 아니었구나 싶었다.

자괴감에 빠져 겨우겨우 독서회를 버티고 있을 때 선생님 파견 예산을 지원받게 되었다. 나 대신 전문가 선생님을 모시고 수업을 하면 아이들에게도 새로운 자극이 되고 나도 무언가를 배울 수 있을 것 같았다. 그런데 어머니 몇 분이 도서관에 찾아왔다.

"왜 선생님을 교체하려고 하는 건가요?"

"교체가 아닙니다. 특강으로 몇 번만 하려는 겁니다. 책도 쓰시고 아이들 대상으로 강의도 많이 하시는 전문가 선생님입니다."

"전문가 선생님 필요 없어요. 초등 저학년이 그게 무슨 소용인가요? 우리는 아이들이 좋아하는 선생님을 원해요."

헉! 이게 꿈인가 생시인가 싶었다. 내가 좌충우돌 정신없이 뭔가를 했던 게 아이들은 나름대로 좋았던 것일까?

뿌듯하면서도 혼란스러웠다. 시간이 흘러 이 도서관에 온 지도 2년이 넘었고, 육아휴직으로 독서회를 더 이상 진행하지 못하게 되었다. 소식을 전하자 한 아이가 울음을 터뜨렸다.

"저 이거 안 하면 엄마가 이 시간에 다른 학원에 보낼 거예요. 제가 학원 중에 유일하게 좋아하는 곳인데 없어지면 어떻게 해요?" 사립초에 영재교육원까지 다니던 친구였다. 어쩔 수 없다고 설명을 하면서도 마음이 아팠다. 수업 마지막 날은 아이들의 편지가 수북이 쌓였다. 어떤 아이는 엄마가 써주었다고 했다. 아이들과 어머니들의 편지를 읽으며 갑자기 전 도서관의 선생님이 보고 싶어졌다.

'선생님께서 자신감을 가지고 내 스타일대로 하면 된다고 하셨죠. 저는 돌발 상황이 생기면 내가 원하는 방향으로 통제하려 하고 어긋나면 자책을 했어요. 유연함 없이 너무 힘을 주었던 것 같아요. 통제할 수 없는 상황과 불완전한 나를 받아들이는 내려놓는 것은 용기가 필요한 일 같아요. 어쩌면 자존감이 높은 사람만이 누릴 수 있는 특권인지도 모르죠. 선생님은 너무 잘하려고 하지 말고 안 되는 건 내려놓으라고 하셨죠. 그 안에서 할 수 있는 것을 찾으면 충분하다고요. 선생님 말씀을 듣고도 왜 그렇게 자신을 괴롭혔을까요? 지혜도 말로만 들어선 깨달을 수 없고 몸으로 아프게 부딪쳐야만 내 것이 되나 봐요.'

진짜 사서가
되고 싶어서 왔니?

자유학기제로 인해 중학생을 대상으로 다양한 진로 직업 체험이 이루어지고 있다. 도서관도 진로직업센터 협력 기관으로 등록되어 있어서 인근의 중학교 1학년 학생들이 학교 단위로 일일 체험을 하러 왔다. 얼결에 사서가 된 나는 초등학교를 막 벗어난 학생들이 사서라는 직업을 어찌 알고 도서관에 찾아왔는지 신기하기만 했다.

"도서관에 와주셔서 고마워요. 평소에 도서관에 자주 오나요?"

"아니요."

"아~ 공부하느라 바빠서 못 오나 봐요."

"…"

"다른 친구들은 무슨 직업체험을 하나요?"

"요리사, 뮤지션 그리고, 아! 패션모델 체험도 갔어요. 디저트를 만들고, 악기도 연주하고 패션모델은 무대에서 워킹도 한대요."

"와~ 엄청 재미있겠다. 그런데 친구들은 왜 도서관에 왔어요?"

"하고 싶은 거 선착순에서 밀려서 어쩔 수 없이 왔어요."

"…"

여학생 중에는 책이 좋아 사서에 관심이 있는 친구들이 가뭄에 콩 나듯 있었지만, 남학생들은 학교를 벗어난 것만으로도 그저 좋은 듯 멍한 표정을 짓고 있었다. 관심 없어 보여도 나름 궁금한 게 있는지 질문을 하길래 기특하다고 생각했는데, 여러 학교를 거치며 영혼이 없는 같은 질문이 반복되는 것을 보고 숙제 때문에 어쩔 수 없이 한다는 것을 알게 되었다. 어쨌든 바쁜 학생들이 사서라는 직업을 체험하고자 방문했으니 최선을 다해야겠다고 생각했다. 도서관에 관심이 전혀 없는 것은 어떻게 보면 편견이 없는 백지 상태와 같기에 더욱 조심스러웠다.

수업을 위해 만든 파워포인트 자료에 '사서는 책보다는 사람을 좋아해야 합니다'라는 문구를 큼지막하게 넣어 강조했다. 도서관에 관심 있는 몇 안 되는 학생들도 책이 좋으니 사서가 되면 어떨까 하는 막연한 생각을 품고 있었다. 공공도서관은 지역 주민을 위한 서비스 기관이므로 책보다는 사람을 좋아해야 버틸 수 있는 직종이라는 것을 확실히 알려주어야 했다. 사람들과 소통을 잘하고 특이한 민원을 잘 견딜 수만 있어도 절반 이상은 성공이다.

아이들의 가장 큰 관심사인 숙제를 해결하기 위한 시간도 잊지 않고 마련했다. 매번 같은 질문을 하기에 나는 준비한 것을 녹음기 틀듯 반복했다. 일하면서 힘든 점과 보람된 점, 미래 전망은 단골 레퍼토리다. 힘든 점을 이야기할 때는 특이한 이용자 에피소드를 들려주는데 항상 같은 지점에서 박장대소하는 귀여운 학생들을 보면 나도 기분이 좋아졌다. 만족도 조사 설문지 주관식 항목에 '선생님이 웃기려고 노력해 주셔서 좋았다'는 내용이 많았다. 다른 체험처에 비해 현저하게 지겨울 사서 체험이니 웃기기라도 해야 할 것 같았다. 다행히 나에겐 아이들의 배꼽을 빠지게 할 황당하고 웃픈 에피소드가 차고 넘쳤다.

책과 친하지 않은 내가 도서관에서 일하면서 책을 가까

이하게 되었고 인생이 바뀌었다는 이야기도 꼭 들려주었다. 책 아니었으면 지금과는 다른 사람이 되어, 웃긴 이야기도 안 해주는 무서운 선생님이 되어있을 거라고도 했다. 사서 업무를 소개하는 수업이 끝나면 각 부서를 돌면서 추천 도서 써보기, 청구기호 익히기, 도서 라벨 붙이기, 프로그램 기획해 보기 등 다양한 업무 체험을 한다. 그 후 총평과 설문조사를 하면 하루 일정의 프로그램이 끝난다.

하루 수업일 뿐인데 아이들은 손 글씨로 정성스레 쓴 엽서를 보내주었다. '선착순에서 밀려 어쩔 수 없이 왔는데 생각보다 재미있었다', '사서와 도서관에 대해서 새롭게 알게 된 기회가 되었다'와 같은 감사 메시지가 가득했다. 그날 방문한 모든 학생이 보낸 것으로 보아 선생님이 시킨 것 같았지만 내용은 진심이라고 내 맘대로 믿고 뿌듯해했다. 진로직업센터에서도 감사하다며 찾아와 운영상 힘든 점은 없는지 세심히 신경 써주었다. 사기업에서는 학생들의 직업체험을 위해 시간과 노력을 내어준다는 게 쉬운 일이 아니기에 직업센터나 학교에서 고마움을 전하는 것 같았다. 나는 공공기관이니 당연히 해야 할 일을 한 것인데 부담스러울 정도로 고맙다고 하시니 민망하면서도 더욱 열심히 해야겠다는 생각이 들었다.

진로직업센터 주관으로 일 년에 한 번 직업체험박람회
가 열린다. 내가 참여했을 때는 공원에 수십 개의 체험 부
스가 마련되어 하루 동안 다양한 직업을 체험할 수 있었
다. 박람회는 처음이라 도서관 부스 안에 무엇을 꾸미고
어떤 체험을 진행해야 할지 막막했다. 사서 체험은 패션
모델이 되어 런웨이를 걷는 것처럼 짜릿한 경험이 될 수
없기에 고민이 깊었다.

그때, 사서교육원에서 들은 청소년프로그램 기획 수업
에서 교수님이 사서 직업체험에 관련한 연구를 하셨다고
한 기억이 났다. 혹시나 하는 마음으로 교육 자료를 뒤져
보니 교수님 메일 주소가 있었다. 그 많은 학생 중 나를
기억할 리 없고 오래전 교육이라 망설여졌지만, 다급한
상황은 무데뽀 정신이 발휘되는 기적을 만들었다. 다행히
구구절절한 메일을 보고 안타까우셨는지 많은 양의 연구
자료를 흔쾌히 보내주셨다.

이리저리 머리를 굴리다 책 축제에 갔을 때 미니 망치
등 다양한 도구를 이용하여 미니 북을 만드는 것을 넋 놓
고 구경했던 기억이 났다. 그분도 행사를 위해 힘들게 알

아보셨을 텐데 대뜸 물어보기가 부끄러웠으나 용기를 내었고, 같은 사서로서 막막함을 이해하셨는지 재료 구입처, 가격, 만드는 법, 주의사항까지 세세히 알려주셨다. 이번 경험을 통해 모르는 것을 물어볼 수 있는 용기가 무엇보다 중요함을 절실히 깨닫게 되었다.

많은 분의 도움으로 준비를 마칠 수 있었고, 미니 북 만들기에 필요한 재료비, 운영진 점심 등 재정적 지원은 진로직업센터에서 해주셔서 도서관 예산은 전혀 들이지 않고 부스 운영을 할 수 있었다. 박람회장은 도서관을 이용하지 않는 잠재적 이용자를 만날 수 있는 흔치 않은 기회이므로, 추후 도서관 운영에 참고할 비이용자를 위한 설문지도 야심차게 챙겼다. 그 외에도 직업 안내문, 진로 탐색 활동지를 만들고, 진로 관련 추천 도서 목록과 도서관 소식지 등을 준비했다.

나름 우리 부스에 대한 자신감이 있었는데 막상 가보니 뮤지컬 체험 부스에서는 노래를 부르고, 소방관 체험 부스에서 소방관 옷을 입고 산소통까지 메고 있었으며, 카페 체험으로 음료를 만들고 있었다. 어느 부스에서는 드론, VR 체험까지 했다. 날아가는 드론을 바라보며 도서관 부스에는 파리만 날릴 것 같은 불길함 예감이 들었다. 부스 정면에 '미니 북 만들기'라는 글자를 하나하나 붙이며 학생들을 모으는 유인책이 되길 기도했다.

인근 중학교 학생들이 다 왔는지 박람회장은 학생들로 북적북적했다. 학교 정규수업 시간에 단체로 체험을 나왔기에 나들이 나온 듯 아이들의 표정이 들떠있었다. 걱정과는 달리 우리 부스에도 참여자가 많았다. 반응을 살펴보니 사서라는 직업에 관심이 있어서 온 것 같지는 않았다. 이번에는 미니 북 만들기 미끼에 낚였는지, 다른 부스가 다 차서 어쩔 수 없이 왔는지 굳이 물어보지 않았다.

아이들은 계속 밀려들고 진로 활동지 지도하랴, 미니 북 만들기 도와주랴, 설문지 조사하랴 정신이 쏙 빠져나가고 있었다. 그 와중에 저 멀리서 뛰어오면서 반갑게 인사하는 목소리가 들렸다. 자세히 보니 지난번 직업체험 때, 책을 좋아해서 꼭 사서가 되고 싶다고 맨 앞자리에서 초롱초롱 눈을 빛내던 학생이었다. 밖에서 만나니 더욱 반가웠지만, 이야기를 나눌 여유가 없어 눈인사만 겨우 할 수 있었다. 멀어져 가는 학생의 뒷모습을 바라보면서 나는 속으로 중얼거렸다.

"너희들 앞에서 웃기려고 애쓰고, 홍보 부스에서 목 아

프게 설명하는 사서 선생님을 보아라. 사서는 책보다 사
람을 좋아해야 할 것 같지 않니?"

오늘을 견디고
내일을 기대하는 일

'두둥~' 드디어 인사 알림이 떴다. 오늘 인사 발표가 나온다는 소문을 듣고 수시로 인사 알림 게시판을 보고 있었다. 인사 발령이 나자 하던 업무를 손에서 놓고 정신줄도 함께 놓았다. 내가 속한 공공도서관 사서 공무원은 한 기관에서 근속 2년이 넘으면 전보 대상자가 된다. 일 년에 두 번, 1월과 7월에 인사 발령이 나는데 한 달 전부터 마음이 심란하다. 원하는 도서관을 3지망까지 쓸 수 있고, 현재 도서관에 남고 싶으면 유예신청을 하면 된다. 유예는 최대 두 번 신청할 수 있어 운이 좋으면 한 기관에서 최대 3년까지 근무할 수 있다.

인사 발령은 각본 없는 드라마이자 무엇이 튀어나올지 모르는 판도라의 상자다. 도서관 생활이 지긋지긋하여 짐까지 다 싸놓고 발령 날짜만 손꼽아 기다린 적이 있다. 원하는 도서관을 3지망까지 또박또박 적었는데 막상 인사 뚜껑을 열어보니, 내 이름이 없었다. 싸놓은 짐을 주섬주섬 다시 풀며 나의 마음도 바닥에 산산이 흩어졌다. 오랜만에 지낼 만하다고 느껴져 야심차게 유예신청을 하고 넋 놓고 있다가 뜻밖의 발령으로 정신없이 짐을 싼 적도 있다.

도서관이라는 작은 공간에서도 인기 자리와 안 가려고 발버둥 치는 자리가 있다. 이 때문에 발령이 나면 직원들의 신경이 곤두서고 보이지 않는 신경전이 펼쳐진다. 같은 사람이 여러 도서관을 돌다 보니 서로에 대해 잘 알게 된다. 그래서 발령이 나면 사람보다 소문이 먼저 와서 자리를 잡는다. 새로 오는 사람에 대해 전혀 몰라도 소문을 듣고 편견을 가지게 된다. 선입견이 생기는 것은 좋지 않지만 특이한 사람의 경우는 미리 대비할 수 있다는 장점이 있다.

여러 명이 발령 나면 각 과에서 특정 직원을 데려가려고 혹은 안 받으려고 기 싸움을 벌이기도 한다. 정작 기피 대상이 되는 사람은 이 상황을 모르는 듯하지만 말이다. 그들을 보면서 남의 눈치 보지 않고 소신껏 살아보고 싶은 욕망이 들기도 한다. 하지만 진상도 엄청난 용기와 자질이 있어야 함을 깨닫고 포기한다.

인사 알림이 뜨자마자 발령 난 명단을 가운데 두고 빙 둘러앉아 FBI 과학 수사대와 같은 포스로 이면을 파헤친다.

"A 알아요?"

"나는 모르는데 내 동기가 같이 근무했었대요. 일은 잘하고 꼼꼼한데 엄청 차가운 성격이래요."

"B는 내가 근무해 봤는데 성격도 좋고 일도 잘해요. 이 사람을 서무 자리에 앉히면 딱일 것 같아요. 윗사람들도 좋아할 스타일이니까요. 이 사람이 있는데 설마 나한테 서무 하라고 하진 않겠죠?"

"그렇겠죠. 걱정하지 말아요. 혹시 C 아시는 분 있어요?"

"잘은 모르는데 소문만 들었어요. 성격이 불같다더라고요. 어쩌다 한번 화내면 직원들이 벌벌 떨 정도래요. 다른 과로 갔으면 좋겠어요."

개개인 분석을 마치고 내부 발령까지도 점쳐본다. 플랜 1을 시작으로 플랜 2, 3까지 나온다. 하지만 기관 발령 못지않게 내부인사도 판도라의 상자처럼 플랜 4가 튀어 나오기 일쑤다. 누군가는 환호성을 부르고 누군가는 눈물 짓는다.

매번 정신줄을 놓게 하는 인사이동이지만 '뜰 수 있다는 것'은 힘들 때마다 붙들 수 있는 마지막 버팀목이다. 그 덕에 20년이란 긴 시간 동안 도서관을 다닐 수 있었는지도 모르겠다. 한번은 도서관 생활이 힘들어 평소에 의지하던 선생님께 하소연했다.

"선생님~ 저 지금 미칠 것 같아요. 일도 힘들고 옆에 있는 직원도 참을 수가 없어요. 인사 발령 나는 날만 손꼽아 기다리고 있어요."

"내가 보기에도 힘들 것 같았어. 그런데 뭐 하나 보여줄까?"

"뭔데요?"

"짜잔~ 나 이런 사람이야!"

비밀스럽게 웃음을 지으시며 암행어사가 마패를 꺼내듯 웬 수첩을 떡하니 내미셨다. 다이어리였는데 달력 날짜 하나하나에 섬세하게 'X'가 그어져 있었다.

"나도 날짜에 엑스 치면서 발령 날만 기다리고 있어. 선영 샘만 힘든 거 아니니까 힘내."

"어머, 선생님도 괴로워하시는 줄 몰랐어요. 그런데 어쩌면 그렇게 티가 안 나세요?"

"내가 절에 열심히 다니는 거 알지? 도반이 나에게 이런 말을 했어. 직장은 너무나 소중한 곳이래. 우리에게 고통을 주어 성장할 기회를 주잖아. 게다가 돈도 주니 꿩 먹고 알 먹고지. 이보다 더 좋은 곳이 어디 있겠어?"

"…"

'나처럼 도서관 뜨는 날만 고대하면서도 썩은 표정의 나와는 달리 항상 온화한 표정을 유지하시는 비결은 뭘까?'

그 비법이 너무나 탐나 불교로 전향해 볼까 하는 마음이 생길 정도였다. 도서관을 여기저기 다니다 보면 저 인간 얼굴만 안 보면 살 것 같은 사람도 있지만 이렇게 뒤를 졸졸 따라다니고 싶은 분을 만나기도 한다. 인사 발령은 싫은 사람을 안 볼 수 있는 기쁨과 좋은 분과 헤어져야 하는 슬픔이 함께 있다.

많은 도서관을 돌아다니다 보니 신기하게도 떠나고 싶은 곳과 머물고 싶은 곳이 교대로 반복되는 패턴을 보였다. 꽁꽁 언 몸은 따뜻한 차 한 잔으로도 행복을 느끼고, 따스함에 익숙해지면 작은 온도 변화에도 고통스러운 원리와 비슷한 것일까? 돌이켜보면 죽을 만큼 힘들었던 곳에서 탈출한 바로 다음 도서관이 만족감이 가장 높았다. 평생학습 강좌를 100개 넘게 운영하여, 민원전화가 폭주하는 부서에서 탈출했을 때는 전화만 안 와도 천국에 온 듯한 기분이었다. 행복이라는 것은 상대적인 개념이라 내가 겪었던 최고 고통과 비교하여 현재 삶을 위로하고 만족을 느낄 수 있는 것 같다.

만족하며 다녔던 도서관에서 2년이 지나가면서 힘든 점이 생겼던 적이 있었다. 유독 스트레스를 받은 어느 날 문득 이런 생각이 들었다. '이 정도 고통은 어쩌면 다행일지도 몰라. 만일 이것도 없다면 고통을 이겨내는 근육이 다 풀려버려 다음 도서관에서 진짜 주저앉아 버리면 어떡해. 지금부터라도 조금씩 인내하는 법을 연습해야 해.'

도서관에서의 힘든 경험은 나를 강하게 만들었지만, 트라우마도 남겼다. 또다시 비슷한 상황이 올까 두렵고 견딜 만한 지금 도서관에서 평생 근무했으면 하는 바람도 있다. 하지만 아무리 좋은 것이라도 익숙해지면 질리고 매너리즘에 빠지는 인간의 특성을 고려했을 때 근무지가 바뀌는 것이 좋다고 생각한다. 다양한 환경에서 온탕과 냉탕을 왔다 갔다 하는 것은 정신줄을 놓지 않을 수 있는 동기가 된다. 내가 도서관에 들어와서 가장 힘들면서도 만족스러운 것이 인사이동 제도다. 다음 도서관은 어떻게 될지 알 수 없어 두려운 인사이동이지만 그 덕분에 오늘 하루를 잘 지낼 수 있고, 때로는 잘 견딜 수 있다.

One City
One Book

1998년, 시애틀 공공도서관 사서의 '한 도시에서 하나의 책을 함께 읽고 이야기해 보면 어떨까?'라는 생각에서 시작된 'One City One Book' 운동은 시애틀을 중심으로 시작되어 미국 전역과 세계로 퍼져나갔다. 서울시에서는 2013년부터 '한 도서관 한 책 읽기' 사업을 본격적으로 추진하여 지금까지 순항 중이다. 지역사회가 한 권의 책을 함께 읽고, 토론하고 의견을 나눔으로써 독서를 장려하고, 서로 공감하고 화합하는 계기를 만드는 데 목적이 있다.

좋은 프로그램이라는 것은 나도 인정하지만, 담당자로서 행사를 기획하고 진행하는 데는 어려운 점이 있다. 일단 '한 책'으로 선정되면 원화를 전시하거나 작가를 섭외하는 게 쉽지 않다. 도서관은 출판사 홈페이지를 통해 다양한 책의 원화 전시를 신청할 수 있다. 도서관은 다양한 행사를 할 수 있고, 출판사는 책을 홍보할 수 있으니 서로 좋다. 평소에는 선착순 신청이지만 그림책이 여러 개니 일정에 맞게 고를 수 있는데 한 도서관 한 책(단행본)으로 선정이 되면 경쟁이 치열해진다. '꼭 너여야만 한다'는 연인 사이에는 달콤할지 몰라도, 꼭 이 책이어야 하는 건 행사에는 걸림돌이다.

9월 독서의 달 행사로 한 책 선정 도서를 전시하고자 출판사에 전화해 보니 역시나 예약이 끝났다고 했다. 액자 없는 프린트물이 있는데 원하면 그거라도 보내주신다고 했다. 도서관 상설 전시장이 있어 원화 전시를 수십 번 했어도, 종이로 받은 건 이번이 처음이었다. 혹시나 해서 도서관 앞에 생활용품점에 가니 마침 저렴한 액자가 있었다. 신기하게 크기도 딱 맞았다. 신이 나서 너무 흥분했던지 열 개가 넘은 액자를 한 아름 안고 오다가 계산대 앞에서 우르르 쏟아지는 대참사가 벌어졌다. 따가운 시선 속에서 사방에 흩어진 액자들을 주섬주섬 주우면서 '도대체 한 책이 뭐길래!'라고 중얼거리며 엉뚱한 곳에 원망을 쏟아냈다.

내 인생 최악의 강사도 한 도서관 한 책 읽기 선정 그림책 작가였다. 작가의 빡빡한 일정을 맞추다 보니, 도서관 강의실 확보를 위해 다른 강의 일정까지 조정해야 했다. 보통은 작가와 수업 방향이나 독후활동을 논의하고 만들기 재료도 내가 직접 준비한다. 그런데 이번에는 아예 출판사 차원에서 독후활동 패키지 두 가지가 있어 선택 후 돈만 내면, 작가가 수업할 때 가지고 오신다고 했다. 섭외하는 도서관이 많으니 효율성을 높인 듯했다.

한 책 작가 섭외 성공으로 선착순 접수는 하루 만에 마감되었다. 행사 당일에는 도서관에서 제일 큰 시청각실이 엄마 아빠 손을 잡고 온 아이들로 가득했다. 신청자 확인을 하고 행사장 뒤편에 마련한 커피와 과자가 떨어졌는지, 마이크와 빔 프로젝터는 작동하는지 확인하느라 정신이 없는데 뭔가 허전했다. 이때쯤에는 강사 선생님이 나타나야 정상인데 소식이 없는 거다. 시계를 보니 10시에 시작인데 벌써 9시 50분이었다. 부랴부랴 전화를 걸었으나 벨소리만 울릴 뿐이었다. 바쁘게 오느라 정신없어 못 받는다고 생각했다.

결국 10시가 되었는데도 나타나지 않으셨다. 나는 떨리는 손으로 20번째 전화를 걸고 있었다. 기다리는 분들에게 선생님이 차가 막혀서 늦으시는 것 같다고 조금만 기다려 달라고 둘러댔다. 주말 아침 늦잠을 포기하고 어린 아이까지 준비시켜 나온 부모님들이 술렁였다. 혹시 작가님이 급하게 오시다가 사고라도 난 게 아닐까… 별별 생각이 스쳤다. 초조하게 전화를 걸다가 다른 행사 준비로 사두었던 클레이가 생각났다. 사무실로 빛의 속도로 올라가서 박스를 들고 내려왔다. 상당한 무게였지만 그때는 무겁다는 생각조차 들지 않았다. 아이들에게 나눠주면서 기다리는 동안 강아지를 만들어 보자고 했다. 정신없이 클레이를 던져놓고 문 앞에서 미친 사람처럼 이리저리 걸으며, 50번째 통화를 시도했다. "여보세요~" 드디어 전화를 받으셨다. 어이없게도 자다 깬 목소리였다.

"선생님~ 어디세요? 오늘 10시 수업 기억하시죠?"
"아! 죄송합니다. 제가 지금 자다 일어나서요, 택시 타면 30분 걸리니까 바로 출발할게요."

"선생님! 선생님! 이미 30분 지났어요. 수업 들으려고 오신 분들이 기다리고 있다고요. 11시까지는 확실히 오시는 건가요?"

"네네, 죄송합니다."

남은 30분 동안 졸지에 나는 클레이 선생님이 되어 아이들과 만들기 수업을 했다. 유료 주차라 주차 시간을 일일이 한 시간씩 연기 처리하는 일도 만만치 않았다. 죄송하다고 조아리고 또 조아렸다. 11시가 되자 드디어 선생님이 나타났다. 나는 너무 화가 나서 눈도 마주칠 수 없었다.

다행히 그림책 작가가 되기까지의 치열한 삶 이야기는 마음을 울렸고 만들기 수업도 성심껏 지도해 주셔서 오신 분들이 만족해하셨다. 하지만 나는 수업이 끝나자마자 영혼이 탈출해 버렸다. 그때의 충격이 얼마나 컸던지 지금까지도 트라우마로 남아 다른 선생님들을 괴롭히고 있다.

"선생님! 내일 10시 수업 기억하시죠? 수업 시작 10분 전까지 꼭 와 주세요."

"선생님, 지금 오고 계신가요? 언제 도착하세요?"

수업 전날에 이어 당일까지 집착녀처럼 자꾸 확인하니 선생님이 이상하게 볼 것 같았다. 혹시 기분 나쁘실 수도 있겠단 생각마저 들었다.

"선생님~ 자꾸 여쭤봐서 죄송해요. 예전에 수업 당일에 한 시간 지각하신 선생님이 계셨거든요. 그때 충격을 아직도 극복하지 못했나 봐요."

"하하하 진짜요? 그런 분이 있어요?"

"제가 많은 강사님을 만나 뵈었는데, 대부분 좋은 분이셨고, 딱 두 분이 저에게 충격을 주었거든요. 한 분은 행사 일주일 전에 잠적하셨는데요, 어린이 강좌라 제가 준비해서 어찌어찌 마무리했어요. 행사 이후에도 계속 연락이 안 되는 걸 보니, 무슨 일이 있으신 것 같아요. 지금은 걱정만 될 뿐 원망하는 마음은 없어요. 제일 화나는 건 당일에 늦잠 자서 한 시간 늦으신 선생님이에요. 인간인지라 실수할 수 있다고 생각하지만, 그때의 아찔함은 지금도 극복되질 않네요."

"어머나! 별의별 선생님이 다 있네요."

나의 흑역사가 모두 우연히 한 책 행사와 함께 일어났기에 원망하는 마음이 살짝 들긴 했지만, 개인적인 감정일 뿐 한 책 행사의 문제가 아니라는 사실은 잘 알고 있다. 오히려 여러 도서관이 동시에 진행하기에 비교가 될 수 있으므로, 뒤처지지 않기 위해 부단히 노력했다. 홍보를 위해 한 책 코너를 따로 만들어 대출 권수 외에 빌려주고, 선정 도서로 퀴즈를 내 선물도 주었다. 독서회를 대상으로 한 책으로 토론하도록 도서 등 다양한 지원을 했고, 인근 중학교와 작은 도서관에 나가서도 행사를 진행했다.

유난히 힘든 날, 계획안 만들 때 적은 '한 도서관 한 책 읽기' 운동의 목적이 우연히 눈에 들어왔다.

'지역 주민의 독서 생활 유도 및 커뮤니티센터로서의 도서관 역할을 강화하고 한 책과 연계한 독서 · 문화 · 예술프로그램을 진행하여 다양한 계층과 소통할 수 있는 독서 문화의 장을 마련하고자 함.'

내가 작성했지만, 원대하고 거창한 문구를 보니 갑자기 부끄러워졌다. 계획안을 잘 만들려면 그럴싸한 목적과 기대효과가 필수이지만, 글을 쓸 때마다 가끔은 내가 사기꾼처럼 느껴진다. 하지만 즉시 눈에 보이지 않는다고 꼭 효과가 없다고 단정 지을 수 없다는 생각이 스쳤다. 나의 작은 발버둥이, 한 방울씩 떨어지는 물이 바위를 뚫듯 원대한 목적을 향해 조금씩 나아가고 있다고 생각하면 어떨까? 교육은 '백년지대계'라고 하니까 말이다. 실제로 거리가 영 멀더라도 나의 정신건강을 위해 무조건 믿어야겠다. 그래야 고단한 행사 운영이 조금은 덜 힘들게 느껴질 테니까.

2장

도서관 분투기

사서도 직장인입니다

사서
고생하는 직업

"사서는 사서 고생하는 직업이다."

우리끼리 힘들 때마다 농담처럼 하는 말이다. '사서' 하면 책을 좋아하는 사람이 도서관에 우아하게 앉아있는 모습을 상상하기 쉽다. 하지만 일을 해보니 의외로 체력이 필요한 경우가 많았다. 도서관에서 체력이 필요한 일이라면 반납된 책을 서가에 되돌려 놓는 작업을 떠올릴 것이다. 하지만 반납된 도서를 정리하는 것은 자원봉사자나 공익근무요원, 장애인 직업체험 등 도와주시는 분들이 많다.

"요즘 도와주는 분들이 많아 몸은 편하시겠어요?"라고 물어보는 사람이 종종 있다. "반납 책 꽂는 것 말고도 할 일이 많아요."라고 열변을 토해도 영 믿지 못하는 눈치다.

'서가에 책이 가지런히 꽂혀있으니 항상 그런 줄 아는 구나. 집안일을 며칠만 걸러도 아수라장이 되는데 저절로 깨끗해지는 것처럼 착각하는 것과 똑같은 건가?'

도서관에 근무하는 나도 자료실 담당자가 되기 전에는 보이지 않는 일이 이렇게 많은지 몰랐다. 사서가 된 후 10년 만에 자료실 담당자가 되었는데, 사무실에서 근무하면서 자료실 지원 근무를 하는 것만으로는 운영의 고초를 알 수 없었다. 그러니 외부에서 모르는 것은 어찌 보면 당연한 거다.

마트에 새로운 물건이 차곡차곡 쌓이듯 도서관에도 새로운 책이 물밀듯 들어오는 것을 왜 생각하지 못했을까? 한 해에 약 1만 권에서 2만 권의 책이 들어오니, 새로운 손님을 맞이하기 위해 끊임없이 해야 하는 일이 서가 내 공간 확보다. 비워도 비워도 책을 꽂을 자리가 없어 절로 한숨이 나온다. 바위를 끊임없이 밀어 올려야 하는 시시 포스의 형벌과 같다. "책 꽂을 자리가 없어요."는 자료실 근무하면서 내가 제일 무서워했던 말이다.

서가에 새 책을 꽂을 공간을 확보하기 위해서는 기존 책 중 서고로 보낼 책을 뽑아야 한다. 보통 이용률이 떨어지는 책을 선별하여 보존 서고로 보낸다. 서고에 들어간 책은 이용자가 직접 볼 수 없고 컴퓨터 검색을 통해서만 접근이 가능하다. 책을 검색하면 자료 위치 '서고, 직원 문의'라고 표시되는 책들이 자료실에서 보존 서고로 쫓겨난 책들이다. 이런 경우 이용자는 쪽지를 내밀며 "이 책은 어디서 찾아야 하나요?"라고 문의한다. 쪽지를 받아든 나는 얼굴은 웃고 있지만, 속으로는 운다.

최근에 자료실에서 근무했던 도서관은 서고가 2층부터 4층까지 있었다. 책에 따라 4층까지 올라가서 이동식 서가의 무거운 손잡이를 두 손으로 낑낑 돌려 7~8개 서가를 이동하고 나서야 책 한 권을 뺄 수 있는 경우가 흔했다. 한번은 책을 찾아달라는 의뢰를 받고 서고에 가서 5분 후에 헉헉 숨을 고르며 내려왔다. 그런데 하필 방금 서고 책을 요청한 분이 다른 책을 검색했는데 또 '서고, 직원 문의'로 나온 것이다. "죄송합니다." 하며 쪽지를 조심스레 건네며 시선을 피하셨다. 서고 책인 줄 알고 검색한 것도 아닌데 미안해하시니 나도 머쓱해졌다. 민망함을 감추기 위해 영업용 미소를 활짝 짓다가 과도한 표정 연기에 눈 밑 근육이 파르르 떨렸다.

책이 보존 서고로 이동하면 이용자와 사서 모두 불편하다. 선정에 정밀한 작업이 필요한 이유다. 힘들게 선정한 자료실 책이 보존 서고로 들어왔다고 치자. 서고도 공간이 빽빽하므로 들어온 수만큼의 책이 어디론가 가야 한다. 도서관에서 영원히 방출되는 거다. 일부는 작은 도서관에 기증하기도 하고 활용이 어려운 책은 폐지로 폐기되기도 한다.

내가 근무했던 대부분 도서관의 한 해 폐기되는 책은 만 권에 가까웠고, 이 많은 책을 내보내는 일은 사서 혼자 결정하지 않는다. 도서관 장서 폐기는 연간 전체 장서의 7% 이하로 해야 한다는 도서관법을 따르며, 책 목록도 외부위원이 포함된 불용도서 선정위원회의 심의를 거쳐 결정된다.

위원회에서는 도서관에서 쫓겨날 위기에 처해있는 책들을 다시 살펴 떠나는 게 맞는지 검토한다. 검사가 재판에서 피의자의 죄를 증명하기 위해서는 증거 및 합리적 변론이 필요하듯 책을 도서관에서 쫓아내기 위해서도 불용도서 선정위원회라는 재판에서 주장할 타당한 이유와 근거가 요구된다. 나는 변론을 위한 증거 확보 차원에서 자료실에서 보존 서고로 이동할 때 세부 과정을 메모한다.

처음에는 도서 관리 프로그램이 지정된 기간 동안 대출 이력이 없는 책 목록을 자동으로 뽑아주니 별문제 없겠다 싶었다. 찾는 사람이 없는데 이것보다 확실한 퇴출 근거가 있겠는가? 그런데 막상 해보니 생각만큼 쉽지 않았다. 자료실 서가 공간 확보를 위해서 500권을 뽑기로 했다고 치자. 프로그램에서 2년 동안 한 번도 대출되지 않은 도서를 뽑았는데 200권밖에 나오지 않는다. 다시 2년간 한 번 대출된 책을 뽑아봤더니 1,000권이 나와 버린다.

'이를 어쩌지?'

'1,000권 중 출판 연도 오래된 순으로 잘라서 책을 뽑아볼까?'

곰곰이 생각해 보니 출판 연도로 끊을 수도 없다. 인문·사회 쪽은 10년 되어도 가치가 있는 책이 있지만, 소프트웨어 책 같은 경우는 신간이 나오면 작년에 출간된 구간이 쓸모없어지기도 한다. 절판된 책이나 귀중본이 있는지 따로 살펴 신중히 처리해야 한다. 퇴출할 책 고르기가 이렇게 고민스러울 줄은 상상하지 못했다.

우여곡절 끝에 서고로 보낼 책을 선정한 후에도 문제는 따른다. 자료실 서가에서 문학 쪽(800)이 꽂을 자리가 없어 작업을 시작했는데 막상 뽑아보니 과학(400)책이 많이 선정되어 서가의 책들을 400부터 800까지 줄줄이 다 옮겨야 하는 대참사가 일어나는 경우가 흔하다. 서가에서 뺀 책을 보존 서고로 옮길 때도 똑같은 과정을 거쳐 책을 빼고 옮기기에 고통은 계속된다. 어떤 직원은 보존 서고에서 책을 줄줄이 옮기다가 책에서 쏟아지는 먼지 때문에 마스크로 가려지지 않는 이마에 피부병이 생기기도 했고 손목 부상도 흔하다.

이렇게 수시로 하는 작업도 있지만, 계절이 바뀔 때 대청소를 하듯 보통 2년에 한 번씩 전체 책을 점검한다. 도서관을 자주 이용하는 분은 '장서 점검으로 3일간 휴실합니다'라는 공고를 본 적이 있을 것이다. 실제로 도서관에 있는 책과 도서 관리 프로그램상의 데이터를 비교하여 책의 유무를 확인하며, 훼손 도서와 이용 가치가 떨어지는 책을 선별한다.

전 직원이 매달려서 자료실과 서고 책의 바코드를 하나하나 찍는다. 평소 말이 많은 직원이 수군거린다. "저 직원이 바코드 찍는 거 봤어? 완전 슬로우 버전이라니까?" 바코드 찍을 때 나는 소리로 속도를 짐작할 수 있다 보니 직원끼리 비교가 된다. 크게 신경 안 쓰고 있었는데 지적당한 사람 소리를 들어보니 느리긴 하다. 그 순간 바로 앞 직원의 상당히 빠른 소리가 귀에 꽂혔다. 승부욕이 솟구쳤다. 책을 하나하나 빼서 찍다가 방법을 바꿨다. 서가에서 책들을 비스듬히 밀어 눕히고 도미노가 쓰러지듯 바코드만 보이게 포개었다. 나는 서가에 아슬아슬하게 달라붙어 젖 먹던 힘까지 끌어내어 바코드를 찍었다.

밀어뜨리고 '따다다닥' 다시 밀어뜨리고 '따다다닥'.
'이런 신박한 방법이 있었지롱. 내 소리가 제일 빠르다!'
내가 찍은 책 수를 자랑하며 의기양양하게 퇴근했다. 막상 집에 가서 몸살로 누워있으면서 미련한 짓을 왜 했나 후회했지만 말이다.
요즘에는 자동화 시스템 덕분에 봉처럼 생긴 것을 서가에 쭈욱 쓸 듯이 대면 책 정보가 쏙쏙 들어가는 신통방통한 기계가 생겼다. 하지만 크기가 제각각인 어린이 책이나 두께가 얇은 서양서의 경우는 오류가 많아 손으로 바코드를 직접 찍는 경우도 많다.

장서 관리를 하며 아무도 알아주지 않는 일을 끊임없이

해야 한다는 현실에 좌절감을 느꼈다. 지루하고 힘든 일을 버티기 위해서는 의미가 필요하다는 생각이 들었다. 이기적인 인간이 타인을 이롭게 하려는 선한 마음 없이는 행복해질 수 없다는 것은 아이러니하다. 누구도 아닌 나의 행복을 위해 도서관 삽질의 이타적 의미를 되새겨야만 했다. 문득 앞을 보니 서가에서 아이들이 호기심에 찬 얼굴로 서있었다. 책을 통해 새로운 세계로 다가가려고 하는 모습이 사랑스러웠다. 아이들의 눈빛을 마음에 새기며, 서가 정리로 짜증이 폭발할 때마다 귀여운 어린 탐험가들을 떠올려야겠다고 다짐했다.

정답이 없어
어려운 도서 구입

"어린이 책 검토할 차례입니다. 이번 차수 어린이 책 선정에 대해서 의견 말씀해 주세요."

"네? 저요? 할 말⋯ 없는데요."

"⋯"

나의 더듬거리는 대답에 갑자기 분위기가 싸늘해졌다.

'헉! 위원장님(과장님)의 눈빛이 이상하다. 이대로 찍히는 건가? 어린이 책 목록은 도서 구입 담당자가 만들었는데 왜 나한테 이런 걸 물어보지?'

1월, 새로운 도서관으로 발령 나자마자 정신없이 겨울

독서 교실을 진행하고 새로운 환경에 적응하지도 못한 상태에서 일어난 일이다. 수서(도서관 구입 도서 선정 업무) 담당자가 검토해 달라고 어린이 도서 목록을 미리 주긴 했었다. 하지만 500권이 넘는 어린이도서 목록을 바라보면서 수서 담당자가 어련히 잘 선정했을까 싶어 나에게 닥친 시급한 행사와 업무에 에너지를 집중했다. 처음 들어가는 도서선정위원회라 내가 주도적으로 발언을 해야 한다는 것을 몰랐던 것이다.

규모가 작은 도서관은 자료실에서 구입 도서를 직접 선정하기도 한다. 하지만 내가 근무했던 도서관은 한 해 도서 구입 예산이 약 1억 7천만 원이기 때문에 수서만 하는 담당자가 따로 있었다. 3명의 외부위원이 포함된 10명의 자료 선정위원이 한 달에 한 번 정도 모여 구입 도서 목록을 심의한다. 첫 번째 선정위원회에서 '할 말이 없다'는 망언으로 망신당한 후에는 어떤 책인지 사전 조사를 하고, 대출 현황도 분석하는 등 철저한 대비를 하였다.

한번은 어느 책의 20주년 기념판이 출간되어 심의 목록에 있었다. 기념판이 나올 정도면 인기가 있다는 건데, 서가에 가보니 예전 판이 대출되지 않은 채로 너무나 가지런히 있었다. 아무래도 우리 어린이실 이용자 취향은 아닌 듯하다고 회의 때 말씀드렸고 다른 위원 전원 동의로 사지 않기로 했다.

이렇게 수서 담당자가 심사숙고하여 구입 예정 목록을 만들어도 선정 회의에서 많은 도서가 제외된다. 예를 들면 어느 작가의 종교 저작은 이미 많이 있고 대출률이 높지 않아 구입 자제, 어느 출판사에서 교과 보조자료로 문학작품 요약본이 출간되었으나 내용이 충실하지 않고 어린이들이 작품 전체를 읽지 않고 요약본에 의존할 수 있으므로 구입 자제, 엄마표 영어 도서의 경우 최근 출판 비중이 높고 대출률도 높지만 비슷한 내용이 중복되고 이미 소장 도서가 많으니 구입 자제 등 다양한 의견이 나온다.

목록을 검토하다 보면 추가할 책보다는 제외해야 할 책들이 눈에 들어왔다. 또다시 '할 말이 없다'는 망언을 날릴 순 없으므로 목록을 보며 눈에 불을 켜고 '할 말'을 찾아야 했다. 처음 만들기가 어렵지 남이 해놓은 것을 보고 감 놔라 배 놔라 하기는 쉬운 법이다. 내가 의견을 내서 회의에서 도서들이 제외되면 수서 담당자는 그만큼의 책을 다시 선정해야 한다. 담당자가 좋은 책을 고르기 위해 얼마나 고심하는지 알기에 잔소리 같은 의견을 줄이고 싶었으나 나도 어린이 실장으로서 역할을 해야 한다는 압박감으로 가만히 있을 수 없었다.

의견을 이야기하는 내내 내가 살기 위해 상대방을 죽이는 듯한 느낌을 지울 수 없었다. 선정위원회를 마치고 나오면서 도서를 많이 제외하여 미안하다며 담당자의 눈치를 살폈다. 걱정과는 달리 수서 담당자는 한정된 예산 안에서 도서 선정이 늘 고민스러운데, 관심 있게 봐주니 오히려 든든하다며 고맙다고 했다. 정작 자신을 괴롭히는 것은 다른 곳에 있다고 했다.

수서 담당자의 숨통을 죄이는 것은 다름 아닌 희망 도서 제도였다. 원하는 책이 도서관에 없을 때는 구입 희망 신청을 할 수 있는데 신청자는 책이 도서관에 들어왔을 때 제일 먼저 볼 수 있는 우선권을 갖게 된다. 좋은 서비스지만 이용하시는 분만 계속 신청하는 경향이 있어 1인당 일주일에 2권, 연간 50권까지 제한을 둔다. 이용자는 읽고 싶은 책을 돈을 들이지 않고 새 책으로 볼 수 있으니 좋고, 도서관은 요즘 뜨는 책을 쏙쏙 신청해 주니 좋다. 하지만 이를 악용하는 몇 분이 문제다.

책 판매를 위해 반복적으로 희망 도서를 신청하는 분들

이 있는데 대부분 신청만 하고 대출하진 않는다. 이런 경우 주시하고 있다가 연락을 드려 상황 설명 후 선정에서 제외한다. 이렇게 정확한 이유와 물증이 있으면 다행이지만, 그렇지 않은 경우가 문제다. 출판된 지 5년 이상 지난 도서, 고가 도서, 청소년 유해 도서 등 희망 도서 선정 제외 기준이 있긴 하다. 여기에 명백히 속하진 않지만, 도서관에서 구입하기 아쉽거나 비치했을 때 문제가 될 소지가 있는 책들이 있다. 내가 읽고 싶은 책이 제일 좋은 책이라는 믿음과 그 책이 제외되었을 때 마음이 상하는 것은 충분히 이해가 간다. 하지만 서운함을 수서 담당자에게 표출하는 방식이 문제다. 매주 월요일에 일주일간의 신청 도서 처리를 하는데 선정 제외된 도서에 대해 알림 문자를 보낸다. 선정이 제외되면 전화 항의가 너무 많아 문자 전송 버튼을 누른 직후 전화벨이 울리면 가슴이 철렁 내려앉는다고 한다.

　한번은 종교 책이 신청되었는데 소장 도서와 거의 똑같은 책이라 제외했다고 한다. 기존 책도 대출이 되지 않는 도서였다. 신청하신 분이 찾아와서 두 책을 비교하면서 같은 뜻이지만 번역만 다른 유사어들을 말씀하시며, 이렇게 글자 자체가 다른데 어떻게 같은 책이냐고 따졌다고 했다. 그러고는 갑자기 포교를 시작하면서 신의 뜻을 거스르는 수서 담당자는 큰 벌을 받게 될 것이라고 저주했다고 한다. 처음 보자마자 눈빛이 예사롭지 않아 고개를 끄덕이면서 그냥 듣고만 있었는데 한 시간 정도 실컷 말씀하신 후 지쳐서 가셨다고 했다. 이런 경우 수서 담당자 혼자 결정했다고 하면 머리채를 잡혔을지도 모르지만, 위원회의 결정이라고 하면 화풀이만 좀 하고 포기하는 경우가 많다.

선정위원회는 구입도서 심의뿐 아니라, 자료실에 비치된 책에 대해서도 다양한 의사 결정을 한다. 어떤 분은 정치적으로 민감한 책을 희망 도서로 신청하시면서 자료실에 있는 반대 성향의 책을 없애달라고 민원을 냈다. 또 일부 어린이 성교육 책의 사실적인 삽화 때문에 교육적이냐 아니냐를 두고 언론까지 보도될 정도로 논란이 된 적도 있었다. 이렇게 민원이 제기되거나 이슈화된 소장 자료의 열람 제한 여부도 자료선정위원회에서 결정한다.

한번은 어느 출판사에서 저작권 소송 승소 후 도서관에 이미 소장 중인 도서에 대해 대출 정지 및 폐기 요청 공문을 보내왔다. 선정위원들의 논의 끝에 환불 없는 일방적인 폐기 요청은 도서관 예산을 들여 구입한 것을 고려해 볼 때 납득하기 어려운 사안이라고 판단했다. 공문까지 보내니 당황스럽기는 했지만, 처리를 잠정 보류하는 것으로 정하였다.

그런데 몇 달 뒤 대법원에서 원심을 깨고 저작권법 위반이 아니라는 판결을 냈다. 담당자가 공문만 보고 해당 도서를 폐기했으면 아까운 책이 버려질 수도 있을 뻔한 것을 위원회에서 살린 것이다.

이렇게 다양한 결정을 해야 하는 자료선정위원회는 어떤 토론 프로그램보다 열기가 뜨겁다. 회의를 마칠 때마다 녹화해서 누군가에게 보여주고 싶은 마음이 들 정도다. 책 한 권 때문에 감정싸움이 나는 경우도 있다. 토론으로 조율이 어려운 경우 다수결의 원칙에 따라 거수로 결정하는데, 한번은 집에서 마스크 만드는 방법을 알려주는 책이 구입 예정 목록에 올라왔다.

"요즘 인터넷 뒤지면 이런 정보는 다 나옵니다. 돈을 들여 살 필요 없다고 생각합니다."

"그렇게 단정 지을 수는 없죠. 인터넷을 접하기 어려운 분이 있을 수 있고 마스크는 시급한 현안 문제니, 공공기관에서 이런 책은 사야 한다고 생각합니다."

"인터넷 뒤지면 쏟아져 나오는 정보를 왜 돈 주고 삽니까?"

눈치를 보니 서서히 감정이 격해져 합의가 이루어질 분위기가 아니다. 위원장이 보다 못해 거수투표로 결정하자고 했다. 누구 편을 들어야 하나 열심히 머리를 굴리다가 사자고 주장하는 위원의 눈을 피한 채 안 사는 쪽에 살포시 손을 들었다.

나는 그해 승진하여 처음 선정위원으로 들어온 터라 경험과 상식이 풍부한 다른 위원들에 비해 부족함을 느낄 수밖에 없었다. 한동안은 위원들의 열띤 토론을 바라만 보며 어느 편을 들어야 하나 고민하기에 바빴다. 우리 자료실 책 검토도 버거운 나와는 달리 다른 위원들은 본인 자료실뿐 아니라 내가 살펴야 할 어린이 도서에 대해서도 의견을 주었다. 또한 수서 담당자가 놓친 어린이 분야 최근 수상작이나 화제 신간까지 살뜰히 챙겨주셨다.

한번은 우리나라 최초의 순수 그림책이 어린이 자료실에 없다고 지적하셔서 깜짝 놀랐다. '우리나라 최초의 순수 그림책이라는 것도 있었나?' 놀란 내 눈이 커졌다. 생전 처음 들어본 《백두산 이야기》라는 책이었다. 아마도 비치되었던 책이 오래되어서 파손 등으로 폐기되었던 것 같다. 각자 업무로 바쁜 와중에 다른 자료실 도서까지 검토하는 마음은 도서관을 사랑하는 '열정'에서 나온다.

회의실 분위기가 험악해지는 이유 또한 '열정' 때문이다. 좋은 책을 비치하고자 하는 공통된 목적이 있지만 '좋은 책'의 정의가 생각하기에 따라 다르고, 예산이 한정되어 있다는 게 문제다. 예를 들면 이용자의 수요에 충실할 것인가 균형 있는 장서 구성에 집중할 것인가를 결정하는 것도 정답이 없다.

처음에는 보고 싶은 책은 항상 대출 중이라는 민원이 하도 많아서 사람들이 찾는 책은 많이 사는 게 좋다고 생각했다. 하지만 자료실에 근무해 보니 책도 유행이 있어 여러 권 사도 부족했던 책들이 시간이 흐른 후 서가에 어깨동무하고 나란히 꽂혀있는 경우가 많았다. 책도 한철이 있는 건가 싶어 볼 때마다 마음이 씁쓸했다. 수요만 따졌을 때 생기는 맹점이다. 한정된 예산에서 많이 이용되는 책을 사야 하는 것은 당연한 명제고 다양한 책을 접할 수 있는 기회 제공도 버릴 수 없다.

양질의 장서 구성이냐! 이용자의 수요에 충실한 장서 구성이냐! 이 사이에서 균형점을 찾아야 하는데 원래 '적

절히'가 제일 어렵다. 정답은 없지만 포기할 수 없는, 모든 이용자가 만족하는 장서 구성을 위해 오늘도 자료선정위원회의 열기는 뜨겁다.

유혹적인
서가 만들기

도서관 책이 집에 있는 책과 다른 점은 책등에 야릇한 문자와 숫자가 조합된 스티커가 붙어있다는 점이다. 저 수수께끼 같은 기호의 이름은 '청구 기호'라고 하며 자료실 내 책의 위치를 나타낸다. 청구 기호는 별치기호, 분류기호, 도서기호 등으로 이루어져 있다. 이 중 분류기호는 책의 주제를 나타낸다. 도서관에 가면 한쪽 벽면에 '한국십진분류표 KDC' 100 철학, 200 종교, 300 사회과학… 등이 표시된 안내판을 본 적이 있을 것이다. 문헌정보학과에서 당당히 한 과목을 차지하고 있는 '분류'는 나에겐 썸타는 남자의 마음처럼 알쏭달쏭했다.

아리송한 숫자의 조합은 수업을 들을수록 미궁으로 빠지는 기분이었다. 두께가 10cm에 가까운 교재 여러 권을 힘겹게 들고 다니면서 친해지기 위해 발버둥 쳐보았지만, 책 속에 가득 차있는 숫자와 학문 이름의 나열은 나에겐 해독해야 할 이집트 상형문자 같았다. 풀 수 있을 듯 없을 듯 마음만 바싹바싹 타들어 갔다. 상대방은 마음도 없는데 나 혼자 썸을 탄다고 착각한 것일까? 학점은 바닥을 쳤고 재수강을 하며 겨우 마칠 수 있었다.

사서 공무원 시험공부를 할 때도 분류학은 도저히 정이 붙지 않았다. 한국십진분류표의 구성은 주류→강목→요목→세목으로 이루어져 있다. 예를 들면 300은 사회과학으로 주류다. 310 통계학, 320 경제학은 강목이다. 이는 다시 321 경제각론, 322 경제정책 등으로 항목별로 나뉜다. 이렇게 주제가 가지치기 식으로 계속 세분된다. 책의 주제가 특정 항목에 딱 들어맞는다면 참 좋겠지만 여러 주제가 아리송하게 섞여있어 번호를 조합해야 하는 경우가 많다. 지역이나 형식 등의 번호를 추가하기도 한다. 사서의 역량에 따라 다양한 번호로 변신이 가능한데, 이런 변칙은 나를 혼란에 빠뜨렸다. 대학 때부터 나를 괴롭혀 왔던 이 이상한 번호는 도서관에 들어와 1년 동안 분류 담당자로 일을 한 후에야 김 서린 안경이 일순간 환해지듯 눈에 쏘옥~ 들어왔다.

분류 업무는 예상할 수 없는 변수로 우왕좌왕하게 만드는 행사 운영과 달리 혼자 하는 일이라 스트레스는 덜했지만 물밀듯이 들어오는 많은 책이 문제였다. 내가 다녔던 도서관은 규모가 있는 도서관으로 신간 도서가 일 년에 3만 권 정도 되었다. 담당자는 혼자였고, 정리할 책은 많은데 어린 딸아이 때문에 야근이 어려웠던 나는 항상 시간에 쫓기는 생활을 해야 했다. 책에 청구 기호 스티커를 붙이는 일은 주로 공익근무요원이나 국가근로학생이 했지만, 손이 부족할 때는 내가 하기도 했다.

보통은 앉아서 북 트럭에서 책을 뽑아 청구기호 스티커와 키퍼를 붙이고 다시 원래 자리로 되돌려 놓는다. 하지만 나는 속도를 높이기 위해 북 트럭 앞에 서서 모든 책에 스티커 먼저 후다닥 붙인 후 다시 한꺼번에 키퍼를 붙였다. 손이 왔다 갔다 하는 시간을 절약하기 위해서 책을 다 꺼내지 않고 스티커 붙일 만큼만 살짝 빼면서 했다. 절실한 마음이 스티커 붙이는 기예를 만들어 냈고 다 마친 후에는 팔과 어깨가 후들거렸다. 내가 서서 죽기 살기로 하니 앉아서 하던 공익근무요원도 슬슬 일어나 속도를 냈다.

마음이 급했던 이유는 올해가 넘어가기 전에 정해진 예산만큼 모두 구입하고 자료실 인계까지 완료해야 하기 때문이다. 하지만 일하다 보면 변수가 생겨 연말에 야근하는 경우가 많았다. 그해 예산도 2억 원에 가까워 시간이 촉박했고 주변 도움 없이 어린아이를 키우는 나는 연말 야근을 하지 않기 위해 마음이 조급해졌다. 미리 해놓을수록 나중에 여유가 생기니 최대한 속도를 높이는 게 유리했다. 책이 빨리 들어왔으면 하는 바람으로 가끔 도서 구입 담당자에게 책 언제 들어오냐고 물어보기도 했다.

"떠나는 김에 하는 말인데, 김 샘이 책 언제 들어오냐고 하도 재촉해서 얼마나 힘들었는지 몰라요."

"네에? 저 재촉한 적 없는데요? 그냥 계속 물어보기만 했잖아요."

"물어보면서 눈빛이 얼마나 강렬한지 심장이 벌렁벌렁 했어요."

"어머나! 죄송해요, 선생님."

매사 열심히 하시고 성격까지 좋아서 많이 의지했던 분인데 본의 아니게 스트레스를 준 것 같아 죄송했다. 공익근무요원도 얼마나 뒤에서 내 욕을 했을까 싶었다. 나는 항상 당하는 사람인 줄 알았는데 나도 모르게 가해도 할 수 있다는 것을 깨달은 순간이었다. 그렇게 주변 사람을 괴롭히더니 결국 하늘은 나에게 벌을 내렸다.

연말에 야근하지 않으려고 그리 발버둥을 쳤지만 어이없는 사건이 제대로 나의 발목을 잡았다. 도서 정가제로 바뀌기 전에는 입찰을 통해 도서를 구매했다. 구매 예정 목록을 입찰에 부치면 도서 유통업체가 경쟁하여 최저가 낙찰을 하는 방식이다. 이름만 대면 알 만한 서점의 담당자가 입찰가를 써낼 때 '0' 하나를 빼먹는 어이없는 실수를 하는 사건이 터졌다. 납품을 포기해도 되지만, 낙찰된 후 포기하면 얼마간 입찰 자격이 정지되므로 업체는 나중을 위해 이번에는 손해를 감수하겠다고 했다.

하지만 이 계약이 그해 마지막 수서여서 다 쓰려 했던 돈이 남아버려 책을 더 사야 하는 상황이 발생했다. 회계상 해가 바뀌기 전에 모든 책을 자료실로 보내야 하는 나는 12월 내내 야근을 해야 했다.

도서관의 '뜻밖의 횡재'가 나에게는 '아닌 밤중에 홍두깨'가 된 것이다. 그 와중에 딸아이까지 폐렴에 걸려 입원을 하였다. 계속되는 야근에 밤마다 병원에서 쪽잠을 자며 수면 부족까지 겹친 나는 몸과 마음이 피폐해졌다. 유독 춥고 눈이 펄펄 내리는 어느 날, 야근을 마치고 병원으로 가는 길이 유독 서럽게 느껴졌다. 눈길을 헤쳐가면서 내가 왜 이렇게 살아야 하는지 알 수 없었다. 걸어가는 내내 눈물이 흘러내렸다.

  1년 동안 쫓기면서 죽기 살기로 하다 보니 더는 참을 수 없는 심리 상태가 되었다. 청구 기호만 보면 토가 나올 것 같았다. 처음에는 이리저리 시달리는 행사에 비하면 이게 천국이구나 싶었다. 하지만 어제 오후 2시와 오늘 오후 2시, 내일 오후 2시가 똑같은 삶을 더 이상 버틸 수 없었다. 단조롭고 지루했다. 1월 인사 발령 때 보직을 바꾸어 달라고 과장님께 애원했다.

  분류 업무를 담당한 건 1년밖에 되지 않았지만 고운 정 미운 정이 쌓인 것일까? 행사 운영 때문에 다른 도서관에 갈 때마다 나도 모르게 청구 기호로 눈이 갔다. 사서가 없는 사설 도서관의 경우 언뜻 보기에는 책들이 가지런히 꽂혀있어서 별문제 없어 보이지만 실제로는 책이 중구난

방으로 흩어져 있는 경우가 많았다. 같은 시리즈 책도 일부만 시리즈로 묶여있고 나머지는 낱권으로 돌아다니기도 했다. 도서 정보를 사 오더라도 개별 도서관에 맞게 수정하는 작업이 필요하다는 것을 간과한 것 같았다.

외부에서 도서 정보를 사 오는 것과 사서가 도서관에 맞추어 직접 하는 것은 기성복과 맞춤복의 차이와 같다. 나에게 딱 맞는 옷이 시간이 갈수록 편안함과 만족감을 주듯 책에 주어진 알맞은 번호는 이용자에게 편리함을 준다. 폐가제閉架制(서가를 열람자에게 자유롭게 공개하지 않고 일정한 절차에 의하여 책을 빌려주는 도서관 운영 제도)나 규모가 작은 도서관이라면 책이 어디에 있든 컴퓨터로 책을 검색하고, 지정한 자리에서 찾을 수 있으면 큰 문제는 일어나지 않는다. 하지만 그렇게 단순한 작업이라면 문헌정보학과에서 당당히 한 과목을 차지하지 못했을 것이다.

왜 대부분의 도서관이 개가제開架制(도서관에서 열람자가 원하는 책을 자유로이 찾아볼 수 있도록 하는 운영 제도)로 운영되는지 생각해 봐야 한다. 우리는 물건을 사러 마트에 갔다가 계획하지 않았던 것들을 잔뜩 사 오는 경우가 많다. 도서관도 마찬가지다. 서가에 온 이용자를 주변 책까지 들고 가도록 유혹해야 한다. 관련 서적을 일목요연하게 볼 수 있다는 것은 도서관의 큰 장점이다.

처음 업무를 맡았을 때는 유혹은커녕 있어야 할 자리에 분류하는 것조차 쉽지 않았다. 세계문학 전집의 《데미안》이라도 《데미안》이 모여 있는 곳에 둘 것인지 아니면 특정 시리즈 자리를 따로 마련할지 고민되었다. 담당자가 계속 바뀌니 전에 어떻게 분류했는지 확인해서 일관성 있게 자리를 부여해야 했는데 전체 장서가 28만 권이라 쉽지 않았다. 분류에는 정답이 없고 도서관 이용자의 특성을 고려하여 가장 편리하게 이용할 수 있도록 끊임없이 고민해야 했다.

내가 속한 기관은 사서가 분류와 목록(홈페이지 검색을 위한 도서 정보 입력)을 직접하고 있다. 하지만 요즘에는 외주업체에 맡기는 경우가 많다고 들었다. 사람을 직접 고용해서 쓰는 것보다는 돈이 덜 든다는 경제 논리에 의한 거다. 직접 경험해 보지 않아서 나는 외주업체에 의뢰했을 때의 장단점에 대해 잘 알지 못한다. 하지만 한때 분류 업무를 해본 개인적인 입장에서는 아쉬운 마음이 든다.

눈에 띄지 않는 일에 정성을 들인다는 것은 쉽지 않은 일이다. 나도 1년 만에 나가떨어졌다. 하지만 작은 차이

가 모여 큰 결과를 낳는다. 도서관 존재 이유는 무엇보다
도 책이라는 사실을 기억해야 한다.

어떤 업무가
가장 힘드냐고요?

도서관에서 어떤 업무가 제일 힘드냐고 물어본다면 모두 지금 자기가 맡은 업무라고 하지 않을까? 어떤 직원은 자료실에서 사람 상대하는 게 힘들어 사무실을 선호하고, 반대로 몸을 많이 움직이는 게 좋다며 자료실로 가려는 직원도 있다. 다양한 책을 접할 수 있는 수서 업무를 하고 싶어 하기도 하고, 억 단위가 넘는 큰 금액을 다루는 것이 부담스러워 수서를 꺼리는 직원도 있다.

민원도 없고 세상 편해 보이는 정리(주제에 따라 책을 분류하고 책 정보를 컴퓨터에 입력) 업무도 나처럼 반복되는 업무가 지겨워 나가떨어지는 사람도 있다. 이렇게 사람마다 적성이 다를 뿐더러, 요즈음은 수서나 정리를 하면서 행사를 하는 등 여러 업무가 혼합되는 추세라 어떤 보직이 좋고 나쁘다고 말하기 어렵다. 자료실에서 사람 상대하는 게 싫어 서무를 하려는 사람이 있긴 하지만 개인적으로도 서무가 다른 보직에 비해 업무 강도가 센 편이라고 생각하고, 실제로 부담스러워하는 사람이 많은 것은 사실이다.

그렇다면 도서관 서무는 무슨 일을 할까? '서무'를 표준국어대사전에서 검색해 보니 '〔명사〕 특별한 명목이 없는 여러 가지 일반적인 사무. 또는 그런 일을 맡은 사람'이라고 한다. 도서관에서 특별한 명목이 없는 업무는 무엇이 있을까? 내가 서무를 했을 때는 우리 과로 공문이 오면 제일 먼저 보고 접수를 했다. 우리 과 공문이 아닌 것은 다른 과로 보내는데 가끔 여러 과에 걸친 오묘한 공문이 있어 부서 간 싸움의 원인이 되기도 하여 신경이 쓰였다. 우리 과에 해당하는 공문은 내용을 보고 담당자를 지정하는데, 담당자가 애매하거나 여러 일이 혼합된 것은 누구를 지정해야 할지 몰라서 내가 해버리기도 했다. 사전 정의처럼 특별한 명목이 없는 잡무는 내가 해야 한다고 느꼈다.

잡무의 예를 들자면 대표적으로 비품 구입이 있다. 팩스, 프린터, 마이크부터 차나 커피까지 다양한 공용 물품을 구입했다. 회식 장소 예약, 식당 결제도 했고 예산을 초과하여 먹는지 감시도 했다. 누군가 음료를 시켜 6천 원이 더 나왔는데 말 꺼내기 뭐해서 내 돈으로 조용히 계산한 적도 있다. 업무에 여유가 있으면 이런 잡일도 할 만하지만, 행사로 정신없는데 누구 업무라고 말할 수 없는 작은 일들이 서무 일이라며 자꾸 추가되어 스트레스가 되었다. 나의 전임자는 매일 20분 만에 점심을 먹고 쉬지 않고 일했다고 했다. 나는 체력과 집중력의 한계로 점심시간은 쉬었지만, 정신없이 바쁜 것은 마찬가지였다.

같은 서무라도 부서마다, 도서관마다 업무 내용과 비중이 다르다. 내가 정보자료과 서무를 했을 때는 행사 및 프로그램 운영이 업무의 중심이었고, 그 외 실적 통계 및 보고 자료 작성, 비정규직 채용 및 관리, 우리 과 기록물, 물품, 예산 관리가 있었다.

가장 고통스러웠던 것은 많은 업무량보다도 '언제 무엇을 제출하라고 날아올지 모르는 공문'과 '숫자 가득한 통계'였다. 보통 도서관에서는 예측할 수 없는 업무가 많지 않아 미리 계획을 세울 수 있었고, 걱정이 많은 나는 이런 점이 좋았다. 그런데 서무를 해보니 언제 어디서 무슨 공문이 올지 알 수 없었다.

특히 감사 기간 때 불쑥불쑥 날아오는 요구 자료는 퇴근하려는 나의 발목을 잡았다. 걱정이 많아서 미리 대비해야 마음이 편해지는 나는 불확실함을 견디는 힘이 부족했다. 나이 들수록 삶이란 예상할 수 없고 계획대로 되지 않는다는 것을 뼈저리게 느끼며, 마음의 유연성을 키우는 게 행복을 위한 필수 조건이란 걸 진즉에 깨달았지만, 나의 나쁜 습관은 쉽게 고쳐지지 않았다.

예측할 수 없는 공문보다 더 힘들었던 것은 통계였다. 나와 숫자는 원수지간으로, 학창 시절 수학은 나의 아킬레스건이었다. 칠판 옆에 붙여놓은 시험 일정표에서 '수학'이라는 글자만 유독 눈에 들어왔고 볼 때마다 밤고구마 열 개를 한꺼번에 먹은 듯 가슴이 답답했다. 학창 시절 내내 고통을 주었던 숫자와는 고등학교 졸업과 동시에 이별하였고, 체한 속이 일시에 뚫리듯 후련했다. 이 원수 같은 숫자를 도서관에서 다시 만나다니 상상조차 해본 적 없는 끔찍한 일이었다.

서무를 시작한 첫 달은 지옥이었다. 1월은 여러 기관에서 전년도 통계를 내라는 공문이 몰리는 시기다. 시설, 직원, 예산, 지출, 장서 현황, 이용자 수, 프로그램 등 도서관 전반에 걸친 통계를 내야 한다. 통계란 게 숫자라서 딱딱 떨어질 것 같지만, 아리송한 게 문제였다. 예를 들어 '어린이 서비스 이용자 수'를 구한다면 어디까지 어린이 서비스에 포함할 것인가 고민되었다. 가족을 위한 행사는 어린이 서비스일까? 아닐까? 만일 그렇다면 전체 참여 인원에서 어린이 수를 어떻게 뽑아낼 수 있을까? 같은 '인건비'라도 요구하는 기관에 따라 비정규직을 포함하기도 하고 안 하는 경우가 있어 내포하는 의미를 해석하는 게 쉽지 않았다.

나도 익숙하지 않은데 다른 부서에 설명하고 수합된 자료를 최종적으로 확인하는 작업은 자전거를 처음 배운 사람이 서커스 묘기에 도전하는 것과 같았다. 다양한 양식으로 제출한 통계들은 큰 틀 안에서 항목별 총합이 딱딱 맞아야 하는데 숫자에 약한 나는 뿌연 안개 속을 걷는 느낌이었다.

결국 시간 내에 끝내지 못하고, 어린 딸 때문에 서류 뭉치를 잔뜩 들고 퇴근했다. 저녁을 배불리 먹은 후 전열을 가다듬고 엑셀 파일들을 미친 듯이 뒤져가며 맞춰보았지만 숫자는 길들여지지 않는 야생마처럼 제멋대로였다. 친한 직원에게 전화로 물어보다 보니 어느새 밤 12시가 되었고, 나도 모르게 서러움이 복받쳐 눈물이 나왔다.

"샘, 나 도저히 나 못하겠어. 흑흑."

"에이, 뭐 그런 거로 울고 그래."

"아무리 봐도 통계가 안 맞아! 내가 능력이 없는 것 같아. 아무래도 도서관 그만두어야 할까 봐. 흑흑."

"왜 그래. 진정하고 차분히 다시 해보자고. 어디가 문제인 거지?"

전화를 끊고 나니 전임자가 인수인계할 때 했던 말이 떠올랐다. "통계는 정답이 없어요. 내가 정답이라고 우기면 맞는 거예요. 객관적인 데이터를 근거로 충분히 고민한 후 결정이 되면 밀어붙여야 해요." 통계라는 게 자기 확신으로 밀고 가는 뚝심도 있어야 하는데 숫자에 약한데다 소심한 나는 감당하기 어려웠다.

"과장님~ 저는 통계가 너무 힘들어요. 제출하고서도 틀린 게 있는 것 같아 마음이 편하지 않아요."

"걱정이 많아서 그런 거예요. 통계란 원래 틀리라고 있는 거예요. 과감하게 하세요."

'하긴, 통계 하나 틀린다고 하늘이 무너지겠어?'

과장님 말씀에 힘이 났다. 배려해 주신 과장님과 힘들 때마다 도와준 동료 덕분에 어려운 시기를 가까스로 버틸 수 있었다.

내가 아는 검찰청 행정직인 분은 숫자 하나 실수하면 수감자의 수감 기간이 변할 수도 있어, 작은 실수도 허락되지 않기에 스트레스가 심하다고 했다. 생각해 보니 나의 자질구레한 업무 실수는 검찰청처럼 큰 파장을 일으킬 것 같지도 않았다. 망신 좀 당하고 이 자리에서 쫓겨나 보직을 옮기는 정도라고 생각하니 마음이 가벼워졌다. 이상한 배짱이 생기자 의자를 반쯤 빼놓고 걸터앉은 자세로 언제든 쫓겨날 각오로 일했다. 마인드 컨트롤을 하자 표정이 밝아졌다는 말을 많이 들었다. 쫓겨나겠다는 야무진 각오와는 달리 큰 사건 사고 없이 3년을 잘 버티었다.

첫해는 하루하루가 지옥이었다. 두 번째 해에는 업무는 익숙해졌지만 여전히 적성에 맞지 않았다. 곧 승진을 앞두고 있어서 서무를 하면 근무 평정을 잘 받을 수 있을 거라는 계산으로 3년을 버텼다.

사실 나는 승진에 그리 목매는 성격은 아니라고 생각했

는데 7급 서무로 3년을 지내면서 간절한 마음이 생겼다. 승진을 해야 이 자질구레한 업무를 벗어날 수 있다는 아주 실질적인 이유가 생긴 것이다. 그러나 과정은 순탄치 않았고 〔일반직 공무원 발탁승진 임용 심사계획 알림〕이라는 제목의 충격적인 공문이 나에게 날아왔다.

사서직 7→6급 일반승진 10명, 발탁승진 2명, 발탁승진 심사자료

제출 대상자 : 승진 후보자 명부 순위 11등~39등

나의 승진 후보 순위는 11등이었는데, 10등까지는 발탁 심사자료를 낼 필요도 없이 무조건 승진이고, 11등부터 39등까지는 성과 기술서와 증빙자료를 제출하여 실력으로 경쟁하여 두 명이 선발된다는 내용이었다. 발탁승진 제도는 말 그대로 순위를 파괴하고 능력 있는 사람을 발탁하는 제도이니 11등이라고 해도 승진되리라는 보장이 전혀 없다.

승진될 날을 손꼽아 기다렸는데 코앞에 두고 이렇게 미끄러지다니 울화통이 터졌다. 누군가는 발탁승진 제도 취지가 밑에 있는 직원을 끌어올리는 게 아니냐며 포기하라고 화를 돋우기도 했고 어떤 사람은 서무 3년하고 승진을

안 시켜주면 자기가 나서서 항의해 주겠다며 위로해 주었다. 모든 에너지를 발탁실적 기술서에 쏟아부어야 했다. 실적 기술서 제출 후 인사 발령을 기다리는 3주가 내겐 지옥이었다.

지방사서주사보 ○○도서관 김선영

지방사서주사 △△도서관 김선영

인사 발령 공문을 보며 선뜻 믿기지 않아 정말 내가 읽은 글자가 맞는지 몇 번을 확인했다. 정녕 11등으로 끝에 딱 붙어서 승진한 것인가? 운이 지지리도 없다고 생각했다가 갑자기 승진 운이 대박 난 것이다. 내가 발탁승진이라니.

3년 동안 다양한 일을 했던 경험이 성과 기술서를 쓰는 데 많은 도움이 되었다. 서무를 하면서 성과급도 잘 받았고, 도서관 업무를 전체적으로 보는 눈도 길러졌다. 고통의 터널을 지나왔기에 현재의 내가 있다는 생각마저 들었다. 인고의 서무 시절은 인생의 터닝 포인트에서 반드시 거쳐 가야 할 통과의례였을까?

사서가
수영장 관리라뇨?

"김선영 선생님! ○○평생학습관으로 발령 났습니다."

"네에? 명단에 분명 제 이름이 없었는데요?"

"사정이 생겨서 추가로 발령 났습니다. 혼선을 드려서 정말 죄송합니다."

"아닙니다. 괜찮습니다."

평생학습관은 도서관에서 이름이 바뀐 것으로 평생학습 기능이 강화된 도서관이다. 느닷없는 발령으로 당황스러웠지만, 한편으로는 반갑기도 했다.

신규 발령으로 아파트 단지 안에 콕! 박힌 도서관에서 사무실에 콱! 박혀 책에 분류번호를 주고 컴퓨터에 도서

정보를 입력하는 작업은 지루했다. 아무리 생각 없이 들어왔다지만 내가 상상하던 사회생활하고는 거리가 멀었다. 책을 가득 실은 북 트럭에 둘러싸여 매일 같은 일을 하는 게 괴로웠다.

추가로 발령 난 두 번째 도서관은 시내 한복판에 자리 잡고 있었다. 화려한 네온사인을 보며 '나의 지루한 암흑기는 가고 전성기가 열리는구나!' 환호성을 질렀다. 그 길이 눈물의 가시밭길이 되어 무미건조했던 지난 시절을 그리워하게 될 거라고는 전혀 예상치 못했다.

"김선영 선생님! 여기서 버티면 행정 일은 다 배워 가는 거예요. 내가 잘해줄 테니 걱정하지 말아요."

과장님은 출근 첫날 나의 보직이 수영장, 헬스장 관리와 행사라고 알려주시며 예상외의 다양한 덕담을 해주셨다. 하지만 '일 배운다=일이 많다', '잘해준다=일이 힘들다'라는 숨은 뜻을 알기까지는 오랜 시간이 걸리지 않았다.

수영장, 헬스장 관리는 기피 업무라 추가로 발령 난 내가 그 자리에 꽂힌 것이다. 4년간 문헌정보학과를 다니고, 사서 공무원 시험공부까지 했지만 사서가 수영장, 헬스장 관리를 한다는 것은 우주여행을 간다는 것보다 현실감이 없는 일이었다.

첫날부터 지옥문은 활짝 열렸다. 직전에 근무하던 도서관에서는 2년 동안 책(주로 표지와 목차)만 열심히 보았지, 행정 업무를 제대로 배울 기회가 없었다. 게다가 평생 수영장은 한 달 다니다 포기했고 헬스장은 근처도 안 가본 나에게 모든 것은 시련 그 자체였다. 수강료 관련하여 처음 공문서를 기안하는데, 금액에 천 원 단위 표시를 누락하여 망신당한 기억이 지금도 선명하다.

엎친 데 덮쳐, 하필 발령 나고 한 달도 안 되어 헬스 기구를 교체하라고 2천만 원이 내려왔다. 금액이 커서 헬스 기구 선정위원회를 열어 심의를 거쳐서 사야 한다는 것도 처음 알게 되었다. 회의 자료를 만들기 위해 텅 빈 사무실에 홀로 남아 외계어 같은 헬스 기구 팸플릿을 뒤적거리며 눈물을 흘렸다.

내가 근무했던 평생학습관에는 정보자료과, 평생학습과, 행정지원과 이렇게 세 개의 부서가 있었는데, 사서직이 근무하는 곳은 정보자료과와 평생학습과다. 정보자료과는 자료실 등 책과 관련한 도서관의 전통적 기능을 하는 곳이고 평생학습과는 수영장, 헬스장과 각종 평생학습교실이 운영되는 곳이다. 온종일 책에 둘러싸인 곳에서 2년을 보내다가 갑자기 책 표지도 구경할 수 없는 곳으로 오게 되니 같은 직장이 맞나 싶었다. 지루할 정도로 조용한 정보자료과 사무실과는 달리 수시로 울리는 전화 때문에 일을 할 수 없었고 누가 전화를 받느냐를 두고 직원들끼리 신경전을 벌였다.

우리 과에서 평생학습 교실만 100강좌 넘게 운영하니 전화벨이 쉴 틈이 없었다. 수영장, 헬스장 담당을 하면서 그동안 자료실 내 민원은 여기에 비하면 사랑스러운 수준이라는 생각이 들었다. 수강료 할인을 해주지 않는다며 바닥에 누우시는 분, 돈을 잃어버렸다고 물어내라고 하시는 분, 수영장 탈의실 커튼 끝에 곰팡이가 있는 것 같다고 호통치시는 분 등 이루 말할 수 없었다.

가장 기억에 남는 민원은 불친절한 수영장 강사를 해고하라는 거였다. 당장 자르지 않으면 방송국 3사에 고발하시겠다고 했다. 계속 전화를 걸어 펑펑 우시면서 하소연을 하거나 노발대발 화를 내시며 감정의 기복을 보여주셨다. 지목된 강사님은 평소 이용자들에게 신뢰가 두터운 분이었다. 사정을 알아보니 전화하신 분이 수업 시간에 독단적인 행동을 해서 다른 회원들이 고통을 받았다고 한다. 강사님이 그러지 말라고 말씀드리자 왜 본인만 왕따를 시키냐며 격분하신 것이었다.

행사 기획도 처음이라 우왕좌왕하기는 마찬가지였다. 어느 날 공익근무요원이 자신이 속해있는 밴드가 기사에 실렸다면서 음악 잡지를 보여주었다. 공익근무요원은 미국에서 재즈 공부를 하고 온 인재였다. "도서관에서 공연 한번 해보는 건 어떨까요?"라고 농담 삼아 슬쩍 찔러봤는데, 예상외로 흔쾌히 해준다고 해서 횡재를 한 기분이었다. 공연을 위해 시청각실에 있는 피아노도 새로 조율하고 만반의 준비를 하였다. 질 좋은 재즈 밴드 공연을 악기 운반비만으로 연다니 가슴이 벅차올랐다.

부풀었던 마음과는 달리 공연 당일은 충격 그 자체였다. 뭐가 문제였는지 많은 사람이 북적일 거라 믿었던 커다란 시청각실에는 열혈팬 몇 명만이 맨 앞줄에 옹기종기 모여 있을 뿐이었다. 도서관을 위해 공연비도 받지 않고 시간을 내어준 공익근무요원과 친구들에게 면목이 없어 입이 바싹바싹 타들어 가던 나는 번뜩 헬스장이 생각났다. 5층 시청각실에서 지하 헬스장까지 단숨에 내려가 운동하신 계신 분들에게 "지금 5층에서 공연이 있는데 사람이 너무 없어요. 제발 잠시만 시간을 내어주세요!"라며 읍소했다. 헬스장 담당자인 나와 안면이 있었던 회원들은 겁에 질린 내 표정을 보고는 선뜻 운동을 멈추고 5층으로 올라가 주었고 덕분에 가까스로 공연을 마칠 수 있었다.

갖은 민원과 실수투성이 행사는 그나마 견딜 만했다. 내가 가장 힘들었던 부분은 수영장, 헬스장 선생님들과의 관계였다. 선생님들은 체육 분야에 무지한 나에게 많은 것을 알려주셔서 의지가 되었고 나이도 비슷하여 친하게 지냈다. 하지만 나에게 처우 개선 문제를 많이 제기했고, 내가 결정권자가 아니니 해결할 수 없는 부분이 많았다. 도서관과 선생님의 중간에 서서 압박을 느끼며 이 분쟁 상황에서 도망가고 싶었다. 만약 지금 같은 상황에 놓인다면 좀 더 현명하게 대처할 수 있을 것 같은데 경험이 부족한 20대, 사회생활 3년 차에게는 감당하기 힘든 시련이었다.

마을버스를 타고 1호선을 거쳐 지옥의 신도림역에서 환승을 한 후 옴짝달싹하지 못하는 2호선을 지나는 출근길은 지옥 같은 하루를 알려주는 서막 같았다. 도서관 앞에 도착하면 들어가기 싫어서 주변을 배회하거나 근처 편의점에서 음료를 먹으며 마음을 달랬다. 유독 스트레스가 심한 어느 날에는 출근길 도서관 입구에서 갑자기 눈이 안 보이는 현상까지 나타났다. '눈앞이 캄캄해진다'라는 말이 비유적 표현인 줄만 알았는데, 실제 신체적 현상으로 나타나기도 한다는 것을 알게 되었다.

하루는 사무실에서 일하고 있는데 복도에서 '드르륵 드르륵' 소리가 들렸다. 어이없게도 이 작은 소리에 눈물이 주르륵 흘러내렸다. 정보자료과 직원이 새 책을 넘기기 위해 책을 가득 실은 북 트럭을 끌고 가는 소리였다. 2년간 그 일을 했었기에 소리만 들어도 알 수 있었다. 그토록 지겨워하던 일이 사무치게 그리워질 거라고는 전혀 예상하지 못했다.

전 담당자는 사서가 도서관에서 수영장 관리한다고 하면 사람들이 너무 의아해하고 믿지 않는 분위기라 말하기가 망설여진다고 했다. 다행스럽게도 수십 년간 유지되었던 체육시설 관리 업무는 2020년 보직 조정으로 사서 업무에서 제외되었다.

책을 구경하기 힘든 곳은 디지털 자료실도 마찬가지다. 컴퓨터와 프린터 등 전자기기와 DVD 수납장으로 둘러싸인 환경에서 도서관 내 정보보안, 홈페이지, 소프트웨어,

개인정보 등의 관리를 해야 하는 업무도 사서가 처하게 되는 의외의 상황이다.

대기업에 다니다가 공공도서관을 이용하며 사서에 대한 꿈을 품고 30대 후반에 신규로 들어온 직원에 대해 들은 적이 있다. 짐작건대 이용자로서 공공도서관 사서들을 보며 책과 관련 없는 다양한 일이 있을 거라고는 상상하지 못했을 것이다.

좋은 회사를 박차고 큰 결단을 내린 그분의 첫 발령지가 하필 책하고는 전혀 관계가 없는 수영장, 헬스장이라고 전해 들었다. 이 소식을 듣고 같은 일을 했었던 동병상련의 마음으로 그분이 얼마나 놀랐을지 걱정되었다. 도서관에는 다양한 보직이 있고 책과 관련된 업무도 많으니 앞으로는 원하는 보직으로 가서서 즐겁게 생활하셨으면 좋겠다.

불합격했다고
실망하지 마세요

"선생님! 저 취직했어요. 일주일 후부터 다른 곳으로 출근해야 해요."

"네에~ 알겠습니다. 축하해요."

축하한다고 말은 했지만, 말의 내용과는 달리 나의 표정은 곧 울음을 터트릴 것 같았다. 그만둘 사람한테 마지막으로 좋은 이미지로 남고 싶은 마음은 간절하지만, 도저히 표정 관리가 되지 않았다. 내가 채용담당자만 아니라면 "어머나~ 요즘 취업이 어렵다고 하는데 정말 축하해요."를 시작으로 최소 5분 이상 축하해 주었을 것이다. 하지만 주말 근무자가 그만둔다는 것은 나에게는 청천벽

력 같은 소식이기 때문에 도저히 진심으로 축하해 주기 어려웠다.

주말 단시간 근로자의 경우 1년 단위로 계약하기 때문에 12월에 많은 인원을 채용한다. 채용이라는 복잡한 과정을 일 년에 한 번만 한다고 생각하면 즐거운 마음으로 할 수 있다. 하지만 힘들게 뽑은 사람이 수시로 그만두어 채용공고부터 면접까지의 과정을 반복해야 한다면 다른 이야기다. 나는 이런 상황에서 진심으로 축하해 줄 수 있는 아름다운 인품을 갖추지 못했다.

사서와 채용업무가 안 어울리는 것 같지만, 도서관 비정규직 채용도 도서관에서 발생하는 일이니 사서의 업무다. 직원의 출산휴가, 병가 등으로 생기는 채용부터, 주말이나 야간(1시부터 10시까지 근무, 현재 개관연장사업 종료로 없어짐)에 근무하는 자리도 있다.

비정규직 채용을 위해서는 제일 먼저 채용공고문을 만든다. 분쟁 소지가 없도록 신중히 작성하여야 하며 급여, 보험 등 매해 변동이 있을 수 있는 항목들도 꼼꼼히 체크한다. 채용공고문을 올린 후 서류접수를 받는다. 지원서에 손으로 V자 모양을 하고 방긋 웃는 사진을 넣는 등 생각지 못한 이색 서류들이 나를 놀라게 하기도 한다.

접수 기간이 끝나면 서류심사위원회를 연다. 심사위원들은 지원자별, 평가항목별로 점수를 매긴다. 알찬 지원자가 많으면 좋지만, 적합하지 않은 지원자가 몰리면 힘이 빠진다. 지원자가 많아질수록 업무량이 증가하므로 다섯 명 뽑는데 지원자가 50명이 넘어가면 신경이 곤두선다. 우리 도서관 이력서 양식이 아닌 엉뚱한 양식이거나 반만 채워 넣은 자기소개서 등 기본에 충실하지 않은 서류도 생각보다 많이 온다. 보기 좋은 떡이 맛도 좋다는 말처럼 양식에 맞게 충실히 작성해야 성심껏 읽고 싶은 의지도 생긴다.

서류 합격자가 선정되면 전화를 하여 지원자들의 면접 시간을 조정하고 심사 안내를 한다. 면접 당일은 면접장 책상 배치, 면접관을 위한 자료 챙기기, 지원자를 위한 음료 준비, 장소안내문 붙이기 등 소소하게 챙길 게 많다. 또한 면접 당일에 연락 없이 안 나타나는 지원자 등 예상치 못한 변수가 수시로 발생하여 돌발 상황에 약한 나는 가끔 정신줄을 놓기도 했다.

채용 업무는 사람을 상대하는 일이다 보니 내 맘대로

되지 않고 상처도 받는다. 도서관 바로 앞에 살기 때문에 본인이 적임자라고 주장하며, 바코드 찍고, 책 꽂는데 왜 사서 자격증 소지자 우대냐고 따지시는 분들도 있었다. 면접 때도 예외는 아니다. 어떤 분은 면접 후 기분이 상했는지 "너희들 미리 짜고 치는 고스톱이지? 내가 그럴 줄 알았다니까."라고 폭언을 날리고 유유히 사라지기도 했다. 나는 당황하여 말문이 막혔고 뒷모습만 멍하니 바라보았다.

상처를 주는 지원자도 있지만, 마음을 울리는 분도 있었다. 한 지원자는 5년 동안 세계 곳곳을 돌아다니면서 봉사와 여행을 하다가 최근에 입국하셨다고 했다.

"제가 많은 나라에서 다양한 경험을 하며 진지하게 고민해 보았습니다. 그 결과 저의 꿈을 도서관 사서로 정하였습니다."

판에 박힌 듯 앞만 보며 살아온 나는 자유롭게 살아온 지원자가 한없이 부러웠다. 한편으로는 도서관을 향한 진정성이 느껴져, 달력에 하루하루 X자 치며 견디고 있는 나의 현실과 대비되어 머리가 멍해졌다.

'수많은 경험과 고민을 한 결론이 도서관 사서라고?'

그때 나는 각종 행정업무가 적성에 맞지 않았고 직장동

료와도 힘들어 도서관 생활 중 두 번째로 힘들다고 기억될 만큼(1등은 도서관 내 수영장, 헬스장 관리다) 많은 스트레스를 받고 있었다. 하지만 가장 일선에서 접촉하는 나의 말과 행동이 도서관 첫 이미지라고 생각하여 마음을 숨긴 채 최대한 밝은 모습을 보여주기 위해 노력했다.

'밝은 목소리의 내가 어둠 속에서 몸부림치고 있다는 것을 상상이나 할까?'

내가 벗어나고 싶어 하는 자리를 누군가는 절실하게 원한다는 게 아이러니하게 느껴졌다. 게다가 절실함만을 가지고는 목표나 꿈을 이룰 수 없었다. 세계여행을 다녀온 지원자의 면접은 깊은 인상을 주었지만, 도서관 경력이 전혀 없었기에 안타깝게 채용되지 못했다. 최종 합격자 명단 공문을 작성하면서 그분의 절실한 눈빛이 계속 떠올랐다. '한 번 떨어지셨다고 포기하지 마세요. 계속 지원하면 합격하실 수 있어요. 꼭 꿈을 이루세요'라는 차마 하지 못한 말이 머리에서 맴돌았다. 사실 세계여행 다녀오신 분이 지원할 때는 타이밍이 좋지 않았다.

3년 동안 비정규직 채용을 담당하면서 합격에는 운이 많이 작용한다는 것을 알게 되었다. 대부분의 도서관이

1년 단위 계약으로 12월 말에 많은 인원을 뽑기에 지원자도 몰린다. 다른 기관에서 계약 만료되시는 분들도 이때 지원하여 경쟁률이 올라갈 수밖에 없다. 하지만 어떤 해는 다른 기관에 중복으로 합격한 분들이 대거 빠져나가기도 한다. 중복 지원자가 있을지 없을지, 있다면 얼마나 빠질지는 예상할 수가 없다. 불합격되어 실망하다가도 뜻밖에 합격 전화를 받는 분들이 생기기도 한다. 좋은 소식으로 전화할 때면 나도 모르게 신이 난다. 채용업무 중 유일하게 즐거운 순간이다.

지원현황을 예측하기 어려운 경우는 합격자가 개인 사정으로 중간에 그만두거나, 직원의 출산휴가 등의 이유로 급하게 채용을 해야 할 때다. 누구를 뽑아야 할지 혼란스러울 정도로 우수한 지원자가 몰리기도 하고, 적합한 지원자가 거의 없을 때도 있다. 한번은 도서관 경력도, 사서 자격증도 없는 의외의 공대생이 뽑히기도 했다. 여러 조건이 좋지 않아 계속 떨어지다가 수시 모집할 때 운 좋게 들어와 경력을 쌓고 이것을 이력 삼아 다른 도서관 정규직으로 옮기는 경우도 종종 있다.

최근에 독서 수업 봉사를 하시다가 주말 단시간 근로에 합격하신 분이 있다. 도서관 근무 경력은 없지만, 사서 자격증 취득, 도서관 봉사, 책 연구 모임 등의 활동을 꾸준히 해오셨고, 특히 최근 봉사활동을 통해 인품과 성실성이 증명되었기에 합격되었다. 그분께서 어느 날 도서관에 상기된 얼굴로 찾아오셨다.

"저 ○○도서관 사서 정규직에 합격했어요! 도서관에서 주말 비정규직으로 뽑아주신 덕분에 경력이 있어서 합격한 것 같아요. 경쟁이 치열했거든요. 제가 어떻게 합격했는지 모르겠어요. 가족들도 너무 좋아해요."

"어머나! 좋은 곳에 합격하셨네요. 축하드려요. 선생님의 도서관에 대한 애정이 잘 전달되었나 봐요. 도서관 봉사를 그렇게 열심히 하기가 쉬운 일은 아니죠. 좋은 소식을 들으니 저까지 행복해지네요!"

40대 중반이라는 적지 않은 나이에 힘든 경쟁을 뚫고 합격하셨다고 하니 나이도 노력 앞에선 무릎을 꿇는 현실에 기뻤다. 포기하지 않고 두드리면 언젠가 문이 열린다는 것을 눈으로 확인하고 나니, 세상이 그렇게 살기 힘든 곳은 아닐지도 모른다는 생각이 들었다. 도서관에 대한 열정으로 봉사활동부터 시작하여 비정규직을 거쳐 정규직 합격을 이루어 낸 선생님을 보며 나의 마음가짐을 돌아보게 되었다.

도서관 주말 아르바이트를 하다가 공무원 시험에 합격하여 들어온 직원도 있다. 주말 근무하는 동안 같이 일하는 직원을 바라보면서 합격 후 생활에 대해 상상해 보았다고 한다. 그런데 막상 들어와 보니 생각과는 너무 다르다며 한숨을 쉬었다. 이야기를 들으면서 내가 부러워하는 직업도 직접 경험해 보지 않고는 속사정을 알 수 없겠다는 생각이 들었다. 사람 마음이란 게 남의 떡이 한없이 크게 보이나 보다. 이젠 남의 떡 쳐다보며 군침 흘리는 일은 그만두고 내 손에 쥔 것을 다시 한번 살펴봐야겠다.

도서관에서
와인 소믈리에 자격증 따기

요즘 도서관에서는 유아부터 성인까지 생애 전 주기에 따른 다채로운 강좌가 쏟아지고 있다. 갈수록 도서관 업무에서 프로그램 기획과 운영의 업무 비중이 높아지는 게 피부로 느껴진다. 강좌 운영은 현장의 피드백을 바로바로 느낄 수 있어 잘되면 보람을 크게 느낄 수 있지만, 모집이 안 되거나 반응이 좋지 않으면 고통도 크다.

"프로그램은 좋은데 사람이 올까 걱정이네요. 우리 도서관은 교통이 안 좋으니 확실한 것을 하는 게 어떨까요?"

야간프로그램을 고민하다가 동기가 한국 시 수업을 잘

하시는 교수님을 추천하여 과장님께 여쭤보았더니 모집을 걱정하셨다. 아파트 단지 내에 위치하여 이용자가 많은 도서관은 무슨 강좌를 열어도 어느 정도 인원이 보장되지만, 교통이 좋지 않아 이용이 뜸한 도서관은 흥행하는 프로그램 기획이 쉽지 않다. 야간프로그램으로 내려온 예산이어서, 퇴근 후 피곤한 몸을 이끌고서라도 올 만한 확실한 기획이 필요했다.

예산이 넉넉하다면 고민할 게 없다. 누구나 알 만한 사람을 섭외하면 한국 시가 아니라 무슨 주제인들 사람이 안 모이겠는가? 하지만 공공기관은 강사료 지급 기준이 있어 단지 '요즘 인기 있는 강사' 같은 애매한 이유만으로 강사료를 올릴 수 없고, 예산도 넉넉지 않다. 강사료 책정이 자유로운 사설 기관보다 현저히 낮은 금액을 줄 수밖에 없는 구조다.

이런 상황에서 사람을 끌어모을 수 있는 분을 섭외하려면 강사님의 이성보다는 감정에 호소해야 한다. 우선은 그분의 팬임을 어필한다. 실제로 구구절절한 메일을 보내는 정성을 들이는 강사는 내가 진심으로 좋아하는 경우가 많다. 나의 진실한 마음을 참신하게 표현하기 위해 고민하고 때로는 선량한 마음에 호소한다. 공공도서관에 와주신다면, 문화적으로 소외된 분들이 선생님의 강의를 무료로 들을 수 있는 좋은 기회니, 지역사회에 봉사하는 마음으로 와주십사 하는 것은 나의 단골 멘트다. 장문의 메일을 보내고 나면 사랑 고백을 하고 결과를 기다리는 사람처럼 조마조마하다.

흥미로운 책을 읽다가 저자가 우리 도서관 뒷산에 자주 올라간다는 내용을 보고 눈이 휘둥그레진 적이 있다. '산에 올라가며 우리 도서관을 자주 봤겠지? 동네 주민이니 잘만 꼬시면 넘어올 수 있겠다' 실오라기 같은 희망에 마음이 부풀었다. 출판사에 전화를 걸어 작가의 이메일 주소를 알아내고, 몇 시간 동안 고민하여 장문의 메일을 보냈다. 긍정적인 답변을 떨리는 마음으로 기다렸건만, 당분간 강의를 쉬신다며 완곡한 표현으로 거절하셨다. 이미 내가 좋아하는 소설가에게 한번 퇴짜 맞은 후라 두 번째 거절에 기운이 쭉 빠졌다. 누굴 또 시도해야 하나 막막했다. 아무래도 이 예산으로는 인지도 있는 분의 섭외는 어려울 것 같았다. 고민 끝에 생활 밀착형 프로그램을 해봐야겠다는 생각이 들었다.

전해에 성황리에 마친 '커피 강좌'가 떠올랐다. 여러 나라의 커피에 대해 배운 후, 핸드드립으로 커피 내리는 실습과 시음을 하는 프로그램이었다. 개수대가 없는 강의실이라 수업 내내 물 나르고 참여자들이 연습한 커피를 버리느라 괴로웠지만, 만족도가 높아 고생으로 느껴지지 않을 정도였다.

수소문 끝에 홍차 수업을 재미있게 하신다는 강사를 추천받았다. 추천해 주신 분께서 문제는 도서관 강사료가 문화센터보다 현저히 낮아 그분이 강의해 주실지 미지수라고 했다. 혹시 모르니 자기 이름도 말해보라고 했다. 본인도 책을 보고 출판사를 통해 섭외해 선생님과 초면이었지만 행사를 통해 친해졌으니 실오라기라도 붙잡아 보라는 거였다. 전화를 드려서 애교, 읍소 등 할 수 있는 것을 총동원하여 승낙을 얻어냈다. 선생님은 웃으면서 다음에는 어렵다고 하셨는데, 좋은 분인 것 같아 다음에도 또 부탁드려야겠다고 다짐했다.

홍차는 커피만큼 대중적이지 않아 사람이 많이 모일지 걱정되었지만, 순식간에 마감되었다. 내가 관심이 없었을 뿐, 차를 즐기는 분들이 많다는 것을 알게 되었다. 차의 역사와 문화를 배우며 다양한 홍차를 맛보는 수업은 문외한인 나도 흥미로웠다. 선생님이 홍차를 내리시면 나는 참여자 앞에 놓인 종이컵에 일일이 따라 드렸다.

많은 양의 뜨거운 물이 필요해 보온 가능한 대형 전기 물 끓이기뿐 아니라 사무실용 전기 포트도 최대한 많이 동원했는데 사무실용은 보온이 안 되는 게 문제였다. 수업 중간 중간에 차를 우리는데 이 타이밍에 물이 팔팔 끓어야 했다. 온도 유지를 위해 다 끓었다고 계속 올라오는 전기 포트들의 버튼을 정신없이 누르다 과부하로 강의실 전체 전기가 나가는 참사도 겪었다. 의욕만 앞선 수업은 다양한 사건사고로 어려움이 많았지만 참여자분들이 즐거워하셔서 나도 맛난 홍차를 함께 마시며 강의실을 신나게 뛰어다녔다. 다행히 이번에는 개수대가 있는 강의실이라 커피 수업처럼 수업 내내 물통 나르는 고생은 하지 않아서 좋았다. 수업 끝나고 좋은 수업을 기획해 주셔서 고맙다고 말씀해 주시는 분들이 가끔 있는데, 그분들 덕에 물통 100번은 더 나를 힘이 솟구친다.

마지막 날 제출한 만족도 조사 설문지에는 녹차, 와인, 보이차 강좌도 열어달라는 의견이 빼곡했다. 전에 진행했던 커피 선생님이 와인 수업도 하신다고 해서 열면 대박이다 싶었지만, 도서관에서 술 마시는 수업을 할 용기가 나지 않았다.

나중에 다른 도서관에서는 와인 소믈리에 강좌까지 열리는 것을 보고 이때 생각이 많이 났다. 그때 조금만 용기를 냈더라면… 이 홍차 강좌 이후 소문이 났는지 다른 도서관에서 선생님을 소개해 달라는 전화가 많이 왔다.

신이 난 나는 도서관에서 할 수 있는 실생활 관련 프로그램이 무엇이 있을까 궁리했다. 과장님께서 다른 도서관에서 취업 준비생을 위한 면접 강좌를 열었는데 반응이 좋았다면서 연락해 보라고 하셨다. 평소 우리 도서관 주된 이용자층이 장년층임을 생각했을 때 모집이 많이 될지 걱정되었다. 구청에서 취업 상담 센터를 도서관 로비에서 잠깐 운영한 적이 있었는데 이용자가 많지 않았다. 선생님과 긴 통화 끝에 취업 준비생을 위한 목소리 트레이닝을 일반인 대상으로 바꾸고 '매력을 높여주는 나만의 목소리를 찾아 주는 수업'으로 가닥을 잡았다.

보이스 트레이닝 첫 시간에는 참여자들이 자기 소개하는 모습을 비디오로 찍었고, 4주 수업 후에 같은 조건으로 다시 찍은 후 비교해 보자고 하셨다.

비즈니스를 위해 좋은 목소리를 갖고 싶으신 분, 대인 관계의 어려움을 극복하기 위해 목소리를 바꾸고 싶으신 분 등 다양한 목적으로 수강신청을 하셨다. 호흡, 발음, 발성으로 목소리가 바뀔 수 있다는 게 신기했다. 아무리 예쁜 얼굴이라도 미운 마음이 얼굴에 거울처럼 드러나듯, 매력적인 목소리를 위한 훈련은 결국 마음과 연결되었다. 수강생들은 선생님께 다양한 인생 고민을 털어놓았는데, 수업 끝나고도 남아서 상담하시는 분도 많았다. 선생님은 참여자들의 자신감을 높여주기 위한 조언을 주로 해주셨는데, 본인 시간까지 희생하면서 개별 맞춤 상담을 해주셨다. 나는 담당자라 끝까지 자리를 지켜야 했지만, 퇴근 시간 늦어지는 게 짜증나지 않을 만큼 따뜻한 자리였다.

마지막 날 촬영에서 변화된 모습을 보고 뿌듯해하시는 참여자들을 보며 선한 영향력에 대해 다시금 생각하게 되었다. 연예인 보이스 트레이닝도 하시는 일정 바쁜 선생님이 사설 기관에 비해 터무니없는 강사료에도 흔쾌히 와주신 건 분명 지역사회를 위한 봉사 정신 때문일 것이다. 사익이 아닌 공익을 위해 자신의 자원을 기꺼이 나누어 주시는 따뜻한 분들을 만날 수 있다는 것은 공공 도서관 근무의 매력이라고 생각한다.

도서관 프로그램은 자연스레 책과 관련된 것을 떠올리

게 된다. 물론 도서관에는 다양한 인문학 강좌가 진행 중이만 실생활과 관련한 프로그램도 많다. 최근에 입사한 직원은 도서관에 들어오고 나서야 이렇게 다양한 강좌가 있다는 걸 알게 되었다면서 이런 말을 했다.

"제가 직원만 아니라면 맨날 도서관 강좌만 들으러 다녔을 것 같아요. 이렇게 흥미로운 강좌가 대부분 무료라니 믿을 수 없어요. 그런데 이게 직장이다 보니 최대한 빨리 집에 가고 싶네요, 호호호. 예전에 좀 더 알아보고 많이 들을 걸 후회돼요."

나도 듣고 싶은 강좌가 있어도 도서관 강좌는 잘 안 듣게 된다. 다른 도서관을 방문하면 순환보직 특성상 오랜만에 만나는 어색한 직원에게 인사해야 하는 불편함이 있고, 관내는 내가 담당하는 프로그램이 아니더라도 관리자 입장이 되어 일처럼 느껴지기 때문이다. 그럼에도 불구하고 가볼까 고민될 정도로 좋은 강좌가 너무 많다. 어쩌면 퇴직 후에는 도서관 프로그램을 순회하는 도서관 죽순이가 될지도 모르겠다.

도서관은
무한 변신 중

"분리벽을 없애고 모두 강의실로 사용하면 어떨까요?"

"화장실 문이 입구에서 바로 보이지 않게 옮기는 게 좋겠어요."

회의록을 작성해야 하는 나는 다양한 의견을 들으며 바쁘게 도서관 설계도면을 따라간다. 집을 짓거나 인테리어 공사를 해본 경험이 없어 설계도면을 접해보지 못했기에 암호 해독하듯 알쏭달쏭하기만 하다. 급기야 분리벽을 찾을 수 없었고 그 와중에 다음 멘트조차 놓치며 패닉 상태로 빠져들었다. 다행히 옆자리에 대학에서 건축을 전공하고 사서 자격증 취득 후에 도서관에 들어오신 귀한 분이 계셨다. 건축학과 문헌정보학의 만남이라니! 나로서는 상상할 수 없는 남다른 경력의 조합으로 독보적인 활약을 하시는 인재였다.

"(소곤소곤) 죄송하지만 분리벽이 어디 있나요?"

"여기 이 문과 문 사이예요."

"아~ 네에."

"지금 어디 화장실을 말하는 거죠?"

"여기요."

"아~ 감사합니다."

공모를 통해 선정된 도서관 분관 건축 설계도면에 대한 TF팀이 꾸려지면서 느닷없이 내 앞에 설계도면이 펼쳐졌다. 평소 두려워하는 숫자들과 알 수 없는 기호의 혼합체인 이상한 그림은 나에겐 커다란 시련이었다. 주관 부서 담당자로서 주도하기는커녕 다양한 의견을 쏟아내는 위원들을 따라가기도 힘든 나날을 보내며 수시로 자괴감에 빠졌다.

TF팀 운영은 힘들었지만, 공간 구성에 대한 팁을 얻기 위해 선진 도서관을 견학하면서 심봉사가 눈 뜨듯 새로운 트렌드를 접하는 즐거움이 있었다. 최첨단 기술을 도입한 아름다운 신축 도서관을 보며 사회 변화에 발맞춘 도서관의 변화가 놀라웠다. 모 도서관에는 서가에 잘못 꽂힌 책을 찾아 뽑아주는 로봇이 있었다. 사람이 있으면 자동으로 피하기까지 한다는 신통방통한 로봇은 사서들이 퇴근하면서 가동시키면 밤새 서가 사이를 돌면서 작업을 한다고 했다. 식당에서 음식을 날라주는 로봇을 보고 처음에는 다들 깜짝 놀랐지만, 지금은 자연스럽게 느껴지는 것처럼 서가 사이를 돌아다니는 로봇이 친구처럼 느껴지는 날도 머지않을 수 있겠다 싶었다.

유럽 도서관에 가본 적은 없지만, 유럽 도서관에 온 것 같은 착각을 일으키는 아름다운 인테리어가 돋보이는 도서관도 많았다. 우리나라에도 이렇게 아름다운 도서관이 많다는 것을 사서인 나도 잘 몰랐다는 게 신기할 정도였다. 견학한 도서관에서 찍은 사진과 인터넷 검색으로 구한 사진 수백 장을 보며 새로 지어질 도서관에 어떻게 적용할 수 있을지 고민했다. 열정이 넘쳤던 우리 팀은 회의를 거듭하며 꿈의 도서관을 쌓고 허물기를 반복했다.

새로운 도서관을 건립한다는 것은 새 생명을 잉태하는 것만큼 어마어마하고 막막한 일이지만 한 도서관에서 근무할 수 있는 최고 연수인 3년을 얼마 남기지 않고 시작된 일이라 나는 행복한 꿈만 마음껏 꿀 수 있었다. 적나라하게 표현하자면 곧 뜰 몸이라 스트레스를 덜 받았다는 거다. 결국 일이 진행 중인 상황에서 도서관을 떠나게 되었고, 다음에 오실 분에게 업무인계를 하였다. 새로 오신 분이 얼마나 힘들까 싶기도 했지만, 일단 나는 떠난다는 가뿐한 마음으로 도서관 문을 힘차게 열고 나왔다. 다시는 설계도면 볼일은 없을 거라 믿으며…

이런 불순한 생각이 문제였을까? 꿈에도 생각하지 못한 일들이 나에게 펼쳐졌다. 새로 발령 난 도서관 사무실에 들어갔더니 한복판에 커다란 설계도면이 좌악 펼쳐져 있는 것이 아닌가? 내가 좋아하는 책들이 둘러싸인 곳으로 갈 수 있을 거라는 희망이 와르르 무너졌다. 나는 두 개의 자료실을 합쳐 한 층 전체를 리모델링하여 최신 디지털 서비스 공간으로 변신하는 공사가 한창인 곳으로 투입되었다.

디지털 서비스라니… 나에겐 너무나 낯선 용어였다. 도서관 사서로 20년이라는 적지 않은 세월을 근무하는 동안 디지털 자료실에서 근무할 기회를 갖지 못했다. 기존 디지털 자료실 시스템도 모르는 내가 디지털 자료실을 혁신한 신개념 공간으로 투입된 것은 기초반을 이수하지 않고 심화반로 월반한 거나 다름없었다. 게다가 나는 기계치라 이미 이 분야 열등생이 아니었던가?

뜯긴 시멘트와 한창 작업 중인 먼지 매캐한 공사 현장을 둘러보며 '여긴 어디? 나는 누구?'라는 물음표만 머릿속에 가득한 채 믿기지 않는 현실에 어리둥절할 뿐이었다. 우리 팀 여섯 명은 평생학습교실에 임시 사무실을 차리고 공사 추진, ICT 장비 및 가구 구입, 프로그램 기획, 개실 준비 등으로 정신없는 하루하루를 보냈다.

이곳에서 접한 설계도는 이전 도서관에서 보던 도면과 물리적으로는 같은 것이었지만, 느낌은 너무나 달랐다. 꿈의 도서관을 그리며 설계도를 이리저리 수정하는 것과 그것을 실제로 구현하는 것은 물과 불, 낮과 밤만큼이나 다른 성질의 것이었다. 한마디로 '이상과 현실의 괴리'였다.

벽을 파보니 생각지 못한 것이 튀어나오고, 업체들과의 소통 문제로 수시로 발생하는 긴급 상황에 도면은 너덜너덜해졌다. 출근할 때마다 오늘은 또 무슨 일이 생길까 가슴이 떨렸다. '집 짓다 죽는다'는 옛말이 왜 나왔는지 알 것 같았다.

도서관 한 층 리모델링하는 것도 이렇게 힘든데, 전체를 새로 지으려면 사람 몇 명은 때려잡아야 할 것 같았다.

이전 도서관의 분관 건립을 떠올리며, 담당하시는 분들은 얼마나 힘들까 가늠조차 할 수 없었고 생각만으로도 아찔했다. 다른 기관에 견학 갔을 때 도서관 건립 멤버에게 해외 선진 도서관 견학을 시켜줬다는 말을 듣고 과한 보상이라 생각하며 '에이, 뭘 그렇게까지…'라고 속으로 중얼거렸는데, 이제는 이해가 되었다.

거꾸로 매달아 놔도 국방부의 시계는 간다는 말처럼 심장이 조여오고, 수명이 줄어들 것 같은 시간도 어느새 지나가고 새로운 공간을 오픈하는 날이 찾아왔다. 막상 공사가 끝나니 시멘트가 너덜너덜하던 곳이 이렇게 아름다운 공간으로 변했다는 것이 믿기지 않았다. 고심 끝에 선정한 가구에 앉아 책을 보는 이용자를 보며 마음 한편이 찡했다. 많은 도서관에서 견학을 오고, 칭찬해 주실 때마다 기분이 절로 좋아졌다. 아직은 도서관과 디지털을 연계하는 게 낯설게 느껴졌는지 다른 도서관 동료 사서들도 어떤 서비스가 신설되었는지 궁금해했다.

기존의 디지털 자료실은 자료 편집, 인터넷 등 컴퓨터 이용, DVD나 CD 열람과 대출 위주의 서비스가 이루어졌다. 반면 새로운 공간은 노트북과 태블릿 대여, 전자신문,

감정인식 도서 추천 DID, VOD 서비스(온라인 동영상 서비스), 소통과 휴식을 위한 커뮤니티 룸과 힐링 존, 콘텐츠 제작 및 교육을 위한 스튜디오, VR 체험을 위한 VR룸 등 다양한 서비스가 신설되었다. 또한 인공지능과 가상현실, 북튜버 양성과정, 오디오북 만들기, 디지털 콘텐츠 이해와 유튜브 크리에이터 되기 등 다양한 미디어 관련 강좌도 진행하였다.

리모델링을 한 후 인상 깊었던 점은 주된 고객이었던 중장년층뿐 아니라 자녀와 함께 오는 가족, 젊은 연인들, 학생들까지 다양한 연령대가 편중됨 없이 이용하는 것이었다. MZ세대의 도서관 이용이 점차 줄어들고 있는 현실에서 새로운 공간이 도서관을 활발하게 이용하지 않는 연령층에게도 도서관이 매력적인 장소로 다가갈 수 있는 시발점이 되었으면 좋겠다는 생각이 들었다.

사실 도서관의 변신은 어제오늘 일은 아니다. 이미 전자책, 오디오북, 전자잡지 서비스를 제공하고 있으며, 도서관 사서인 나도 종이책보다 전자책을 더 많이 본다. 무거운 짐을 싫어하는 나는 출퇴근 시간을 활용하여 전자책을 보고, 집안일할 때 오디오북을 듣는다. 생각해 보면 혼자만의 글쓰기에서 블로그와 브런치 등 SNS와 플랫폼으로의 작은 전환이 책 출간이라는 큰 행운을 잡을 수 있는 터닝포인트가 되었다.

이젠 SNS를 넘어서 가상현실, 메타버스 등 발전된 기술을 활용한 새로운 경험이 주목받고 있다. 공공 부분에서도 온라인 전시회, 실감형 교육, VR 관광 콘텐츠 등 새로운 서비스를 도입하려는 움직임이 일어나고 있다. 최근에 VR(가상현실)로 구현된 책을 읽고 치유적 글쓰기를 하는 프로그램도 있다고 들었다. 전혀 어울릴 것 같지 않은 '가상현실'과 '치유적 글쓰기'라는 두 단어가 나란히 내 눈에 들어오는 순간, 새로운 변화에 발맞추기 위해서는 기존의 틀을 깨는 발상의 전환이 필요하겠구나 싶었다.

도서관과 사서의 역할이 시대에 맞게 변해야 한다는 것은 머리로는 알고 있었지만 '어떻게'라는 방법 면에서 감을 잡지 못하고 있었다. 하지만 뜻하지 않은 디지털 부서 발령과 내적 혼란을 겪으며 변화의 필요성과 방향이 머리에서 가슴으로 내려오게 되었다.

하지만 X세대인 나는 의욕은 앞서지만, MZ세대 직원을 따라가기엔 역부족이었다. 동영상 기획과 촬영 등 새로운 기술을 자유자재로 구사하는 직원들이 한없이 부러웠고,

가끔은 나의 부족함에 좌절을 느꼈다. 스튜디오를 만들기 위한 선정위원회에서 촬영 장비와 시스템 구축에 관한 대화를 들으며 분명 한국어임에도 아랍어처럼 낯설게 느껴졌던 당혹스러움을 잊을 수 없다. 그 순간 내가 도서관에서 얼마나 더 버틸 수 있을까 하는 위기감을 느꼈다.

반짝반짝한 디지털 서비스라는 뉴페이스가 설렘과 좌절을 동시에 주며 나를 사로잡은 듯했지만, 마음 깊숙한 곳에서는 옛사랑의 그림자가 어른거렸다. 디지털 서비스를 선도하는 주목받는 곳에서 근무하는 자부심과 보람을 느끼면서도 다른 자료실을 바라보며 사랑하는 책들이 둘러싸인 곳으로 가고 싶다는 생각은 가끔 나를 슬프게 했다. 편리함 때문에 전자책을 활용하면서도 손으로 만져지는 책이 주는 따뜻함과 왠지 모를 위로 때문에 자기 전에는 꼭 종이책을 펼치는 나의 모습이 떠올랐다.

만남과 이별로 인한 성숙하고 단단해진 마음이 또 다른 누군가와 발전된 관계를 맺을 수 있는 바탕이 될 수 있듯이 디지털 부서에서 얻은 경험으로 책으로 둘러싸인 곳으로 돌아가 새로운 시도를 할 수 있는 기회가 주어진다면 정말 행복할 것 같았다

'마음을 치유하는 글쓰기 공동체를 온라인상에 구현해

보고 싶다'

'SNS를 위한 사진을 배우고 이와 연계한 포토에세이 쓰기 강좌를 해볼까?'

'함께 글을 쓰는 모임을 꾸리고 전자책도 만들어 보면 정말 설레겠다.'

빠르게 변화하는 시대에서도 아날로그 감성을 자극하는 것들은 그 나름대로 살아남아 사람들에게 행복을 선사한다. 시대를 따라잡지 못한다고 한탄할 시간에 내가 좋아하고 잘할 수 있는 강점을 살려 나만의 색깔과 속도로 변화를 시도해 봐야겠다는 생각이 들었다. 나노 사회에는 다양한 니즈가 존재하니 이를 위한 백인백색의 사서가 필요하지 않을까?

3장

모두에게 열린 공간

도서관을 여행하는 법

어린이 자료실의
어느 날

거의 매일, 유치원과 어린이집에서 도서관을 방문한다. 하루에 두 기관에서 올 때도 있다. 오늘은 유치원 한 곳에서 10시에 방문이 예정되어 있는 날이다.

달랑 직원 두 명인데 도서관 주말 교대근무로 인해 평일 대체휴무가 잦아 오늘처럼 혼자 근무하는 날은 출근길부터 긴장하게 된다.

굳은 마음으로 출근하자마자 제일 먼저 하는 일은 모든 창문을 열어 환기를 시키는 것이다. 컴퓨터와 검색대, 무인 대출 반납기의 전원을 차례로 켠다. 반납기 모니터 안 펭귄이 눈을 깜빡이며 제일 먼저 인사를 건넨다. 반겨주는 펭귄을 보며 '오늘 하루 잘 버티어 보자' 다짐한다.

벽면에 크게 붙어있는 대출일과 반납일을 오늘 날짜에 맞게 수정한다. 9시가 되면 도서관 현관 앞 무인 반납기 책을 꺼낸다. 무인 반납기가 자동으로 책을 자료실별로 나누어 주는 게 신기하다. 볼 때마다 기계 회사에 전화해서 작동 원리를 물어봐야지 하면서도 열 발자국만 멀어지면 잊어버린다. 언젠가 반드시 물어보리라.

전날 저녁부터 오늘 아침까지 밤새 반납된 도서를 북트럭에 가득 담아 끌고 온다. 혼자 끙끙대면 지나가는 누군가가 도와주기도 한다. 자료실로 돌아와 반납 처리를 하고 예약 자료 코너를 정리한다. 예약 도서는 예약자를 위해 사흘간 보관하는데 기한이 지나도 찾아가지 않은 책을 골라 다른 분들이 볼 수 있도록 서가에 꽂아놓는다.

도서관리 시스템에서 전날 받은 연체료와 회원증 재발급비를 계산해 실제 있는 돈과 맞추어 보고 행정지원과로 가져다준다. 시간을 보니 벌써 9시 40분이 되었다. 10시에 오기로 한 유치원 견학 준비를 해야 한다. 꼬마 손님을 맞이하기 위해 앉을 자리 정비를 하고 빔 프로젝터를 켠다. 수업 내용을 담은 파워포인트도 잊지 않는다.

'부릉부릉' 유치원 셔틀버스 소리가 들린다. 어미 오리를 따라가는 새끼 오리처럼 선생님 뒤를 졸졸 따라가는 아이들이 사랑스럽다. 도서관 이용 교육은 집중시간이 짧은 아이들이 지루해할 수 있으므로 주의해야 한다. 집중도를 높이기 위해 수업을 잘 듣고 퀴즈의 정답을 맞히면 재미있는 그림책을 읽어주겠다고 당근을 투척한다. 아이들은 그림책을 읽어주면 언제나 좋아한다. 이 작은 당근에 집중해 주는 아이들의 영혼은 유리구슬처럼 맑은 것 같다.

책이 찢어지면 '아야~ 아야~' 아프다면서 훼손된 그림책 사진을 보여준다. 도서관에서 음식을 먹다가 흘리면 책이 더러워지고 똥 냄새가 난다고 하면 코를 막으면서도 깔깔깔 웃는다. 왜 이리 아이들은 똥 이야기를 좋아할까 갑자기 궁금해진다.

"친구들~ 혹시 책도 집이 있는 거 아세요?"

청구기호가 적힌 스티커 부분을 보여주며 이게 책의 집 주소라고 알려준다.

"친구들이 집에 가야 하는데 길을 몰라서 다른 집에 들어가면 기분이 어떨 것 같아요?"

"안 돼요! 싫어요! 엄마 보고 싶어요."

상상만으로도 괴로운지 작고 귀여운 얼굴을 찌푸리며 고개를 절레절레 흔든다.

"책을 본 다음에 아무 곳에나 꽂으면 책이 길을 잃어버려요. 꼭 북 트럭에 올려주세요. 사서 선생님이 책을 집으로 잘 데려다준답니다."

아이들이 호기심에 찬 눈빛으로 고객을 끄덕인다. 아직은 지루해하지 않는 것 같아 마음이 놓인다.

드디어 그림책을 읽어주기 위한 마지막 관문인 퀴즈 시간이다. 문제는 최대한 쉽게 OX 퀴즈로 낸다.

"도서관에서 뛰면 안 된다. O일까요? X일까요?"

"오!!"

"도서관에서 음식을 먹으면 된다. O일까요? X일까요?"

"엑스!!"

정답이 O일 때는 일제히 손을 하늘 높이 올려 동그랗게 만든다. 연습이나 한 듯이 입술을 동그랗게 오므리며 일제히 '오' 하고 외치는 게 신기하고 귀엽다.

"수업을 잘 들어주었군요. 여러분은 최고예요. 고마워요. 100점을 받았으니 재미있는 그림책을 읽어줄게요."

나는 칭찬을 하며 짝짝짝! 물개박수를 쳐준다. 아이들

이 환호성을 지른다. 작은 일에도 기뻐서 어쩔 줄 모르는 아이들이 사랑스럽다.

수업이 끝나면 유치원 선생님의 지도하에 이루어지는 자유 시간이 시작된다. 그동안 선생님들의 아이들을 대하는 태도를 엿볼 수 있다. 자유롭게 읽도록 두기도 하고 아이들을 동그랗게 앉히고 책을 읽어주기도 한다. 어떤 분은 어찌나 열정적으로 읽어주는지 나도 넋을 놓고 바라보게 된다. 도서관에 유치원이 오면 어느 유치원인지 유심히 살펴보는 이용자들이 있다. 그 유치원을 보내고 싶어서가 대부분이겠지만 안타깝게도 반대의 경우도 있다.

유치원이 빠져나가면 유아방은 그야말로 폭격을 맞은 듯 아수라장이 된다. 다행히 오후에 장애인 직업체험으로 오신 분이 난장판인 유아방을 순식간에 정리해 주셨다. 이제 바로 옆 초등학교에서 단골손님들이 몰려오는 시간이다. 저학년 친구들이 엄마를 기다리면서 오후 내내 머무르는 경우도 많다. 수시로 엄마에게 전화하기 위해 카운터로 온다.

"전화 써도 돼요?"

"물론이지."

수시로 전화하러 오면서도 항상 써도 되냐고 공손히 물어보는 모습이 예쁘다.

"엄마~ 집에 올 때 맛있는 과자 사줘.", "이따가 친구 집에 가도 돼?"처럼 사소한 게 대부분이지만 핸드폰을 잃어버렸다면서 눈물을 뚝뚝 흘려 같이 찾다가 퇴근 시간이 늦어진 적도 있다.

어린 친구들이 오후 내내 앉아서 책을 읽는 게 참으로 기특하다. 대부분 만화책을 보긴 하지만 네다섯 시간을 앉아 버티는 건 어른도 쉬운 일이 아니다. 가끔 엄마들이 만화책만 본다고 혼내는 모습도 보게 되는데, 개인적으로는 우후죽순으로 영상물이 쏟아지는 요즘 만화책으로라도 책에 관심을 가지게 된다면 다행이라고 생각한다. 그리고 도서관에 있는 만화책은 대부분 학습만화라서 이를 통해 얻게 되는 다양한 상식도 무시할 수 없다. 과학이나 역사 만화들은 얼마나 수준이 높은지 어른들이 봐도 재미있을 정도다.

아이들이 기특하고 귀여운 것과는 별개로 도서관을 놀이터 삼아 수다 떨고 뛰어다니는 건 제지해야 한다. 옆에 계신 분이 확실히 주의시켜 달라는 표정으로 나를 째려보기도 한다. 어르고 달래고 협박해도 에너지 넘치는 친구들은 쉽게 조용해지지 않는다. 어린이 자료실에서는 잔잔한 음악을 틀어놓는데 백색소음이 되어 아이들의 떠드는 소리와 엄마들의 책 읽어주는 소리가 가려지는 효과가 있다.

정신없이 일하다 보니 어느새 문 닫을 시간이 되었다. 오늘은 민원이나 사건이 없어서 다행이다. 특별한 일만 안 터져도 행복하다고 느껴질 정도로 어린이 자료실의 하루는 다이내믹하다. 사탕을 먹다 목에 걸릴 뻔한 아이를 옆에서 책 보던 남자분이 응급처치로 살려냈다는 이야기도 들었다.

하루를 무사히 마치고 감사한 마음으로 마감 시간 공지를 한다. 예전에는 "10분 남았습니다. 대출하실 분은 대출해 주세요."라고 안내했었다. 그런데 아이들에게 10분 안에 나갈 준비를 하라고 재촉하는 것 같아서 입이 잘 떨어지지 않았다. 열심히 책 보는 친구들에게 마감 시간 공지는 쉽지 않다.

"오늘 마감 시간은 6시까지입니다. 대출하실 분은 대출해 주세요."

10분이라는 말을 빼고 마감 시간을 공지한다. 6시가 넘어도 만화책에 빠져 꾸물거리는 아이들이 꼭 있는데 이용 시간이 끝났으니 나가라는 말 대신에 내일 꼭 다시 오라고 웃으며 말한다. 듣는 사람은 특별한 차이를 못 느낄지 모르지만 말 한마디라도 신경 써서 하는 것은 오후 내내 책을 보는 대견한 친구들을 응원하고 환영한다는 나만의 작은 메시지다.

코로나로 휴관 중일 때 빈자리를 바라보면 귀여운 아이들이 책을 보던 모습이 눈에 선했다. 매일 오던 그 친구들은 지금 어디에서 무엇을 하고 있을까 궁금했다. 혹시 집에 갇혀서 스마트폰만 하는 건 아닌지 걱정되었다. 지금은 도서관이 정상 개관되어 우리 귀여운 꼬마 손님들이 돌아왔을 텐데 다른 도서관으로 발령이 나서 확인을 할 수 없으니 아쉬울 따름이다.

단골 이용자,
가깝고도 먼 사이

학부에서 도서관이 갖추어야 할 세 요소를 시설, 장서, 직원이라고 배운 기억이 어렴풋이 있다. 최근에는 '이용자'를 포함해 4대 요소로 구분하기도 한다. 그중 무엇보다 중요한 요소는 이용자라고 생각한다. 특히 단골 이용자는 VVIP다. 볼수록 정든다고 같은 공간에서 지내다 보면 더없이 친근한 사이가 되기도 하지만, 그 틈을 비집고 규정에 어긋나는 것을 부탁하거나 감당하기 어려운 행동을 하는 분이 등장하여 마음을 착잡하게 만들기도 한다.

그래서 단골 이용자를 향한 나의 마음은 이중적이다. 불손한 마음을 품은 것에 대해 죄책감도 들지만 사랑하는 사람이라고 항상 좋은 감정만 드는 것은 아니니 잘 모르는 이용자에게 품은 여러 감정 중 잘해드리고 싶은 순수한 마음이 상당 부분 있다는 것만으로도 나에게 직업의식이 있다고 자체적으로 생각하기로 했다(어쩌면 매월 통장에 찍히는 월급에 대한 부채감일지도).

나에게 복잡한 마음이 들게 했던 몇몇 이용자 이야기를 소개해 보겠다.

어느 일요일이었다. 할머니가 복사기가 고장 났다며 나에게 소리를 지르고 화를 내셨다. 서비스센터가 휴일에는 열지 않아 오늘은 고치기 어렵다고 몇 번이나 말씀드렸지만 소용없었다. 할머니의 목소리는 점점 커졌고 나의 얼굴은 흙빛으로 변했다. 그 순간 저 멀리서 낯선 남자분이 뛰어오더니 갑자기 할머니 발목을 잡고 엎드려 눕는 것이다.

"할머니! 사실은 제가 복사기 고장 냈어요. 저 직원은 잘못이 없으니 혼내지 마세요. 대신 저에게 곤장을 쳐주세요!"

할머니는 젊은 청년의 예사롭지 않은 포스에 놀라 두말없이 도망가셨다. 곤경에서 구해주신 고마운 분이지만 석연치 않은 상황에 할머니 못지않게 나도 당황스러웠다.

"감사합니다."라고 말씀드리긴 했지만 딱딱하게 굳은 나의 얼굴과 그 와중에도 파르르 떨리는 눈 밑 근육을 눈치채고는 기분이 상하신 눈치였다.

다음 날 도서관 앞을 지나가는데 갑자기 비둘기 떼가 내 쪽으로 몰려오는 거다. '뭐지?' 하고 뒤를 돌아봤더니, 일요일에 나를 구해주신 분이 큰소리로 "워~ 워~" 소리를 지르며 내가 있는 쪽으로 비둘기를 몰고 있었다. 째려보는 눈빛에 놀란 나는 헐레벌떡 도망갔다.

친한 직원은 황당한 경험을 침 튀기며 이야기하는 내게 좋은 분인데 왜 그러냐고 했다. 한번은 친한 직원에게 심하게 화내는 이용자 때문에 위협을 느끼고 있었는데, 자료실에 계신 분들이 모두 외면해서 눈물이 왈칵 쏟아졌다고 했다. 세상의 냉정함을 맛보고 후유증으로 며칠 시달렸다는 말을 들으니 기분 나쁘다고만 생각했던 이용자에게 문득 고마운 마음이 들었다.

어떤 단골 이용자는 책을 반납하시면서 책장 사이사이에 특정 신체 부위의 털이 있어 빼는데 고생했다면서 이전 이용자에게 꼭 경고해 달라고 하셨다. 조치하겠으니 걱정하지 마시라고 말씀은 드렸지만, 내가 직접 본 것이 아니라서 "혹시 책장 사이사이에 털 꽂아 놓으셨나요?"

라고 물어볼 용기가 도저히 나질 않았다. 어떻게 해야 하나 마음고생을 하면서 우물쭈물했지만 더 이상 털 사건이 일어나지 않아 간신히 넘어갈 수 있었다.

단골 이용자 간에 책을 두고 싸움이 생겨 당황한 적도 있다.

"○○책이 제자리에 없네요."

"그래요? 저도 한번 찾아볼게요."

책을 찾으러 서가로 가는 도중에 다른 분이 찾고 있는 책을 보시는 게 눈에 띄었다.

"어머나~ 다른 분이 지금 보고 계시네요. 아직 대출을 안 해서 '대출 가능'이라고 컴퓨터에 나왔나 봐요."

문의하신 분이 책을 보고 있는 이용자에게 갑자기 다가갔다.

"제가 먼저 카운터에 신청한 거니까 그 책 저에게 주세요."

"싫어요. 제가 먼저 책을 꺼냈는데요?"

"아니죠. 제가 먼저 카운터에 신청했으니까 제가 우선이죠."

곧 싸움이 날 기세여서 내가 끼어들지 않을 수 없었다.

"이용자님~ 도서관에는 카운터에 먼저 신청하는 제도가 없습니다. 그냥 문의하신 거잖아요. 마트를 생각해 보세요. 계산 전에는 먼저 물건을 집는 사람이 임자죠."

"사서 선생님, 그렇게 말씀하시면 안 되는 거 아닌가요? 먼저 물어본 게 신청한 거나 다름없죠."

이용자 간 싸움을 막으려다가 책을 뺏으려는 분과 나와의 실랑이로 번지고 있었다. 책을 먼저 집으신 분이 이건 아니다 싶었는지 책을 던지고 나가버리셨다. 책을 뺏겠다고 흥분하셨던 분의 표정이 바로 밝아지셨다.

이용자 간에 다툼이 생겼을 때 또 다른 이용자가 도움을 주기도 한다. 이용자끼리 몸싸움이 나서 경찰에 신고하려는 찰나 정년퇴직하시고 매일 오시는 체육 선생님이 해결해 주신 적도 있었다. 키가 크시고 체격도 있으셔서 뵐 때마다 든든했다. 도서관에서 이용자끼리 싸울 일이 뭐가 있을까 싶겠지만, 종종 일어나는 일이다.

아이러니하게도 이용자와의 싸움을 막아주신 체육 선생님이 싸움의 원인이 되기도 했다. 주로 중앙 테이블 모서리 쪽에 앉으셨는데 사람이 뜸한 평일 오전에 가끔 책상 밖으로 다리를 꼬아서 내미셨다. 이로 인해 다리가 통로를 막아 사람들이 돌아가는 일이 가끔 생겼다. 체격이 크셔서 책상 밑에 다리를 오래 넣고 계시기가 불편하셨던 것 같다.

다른 이용자가 다리가 통로를 막는다고 몇 번이나 말했는데도 안 고쳐진다고 내게 하소연을 했다. 나도 말씀 드렸지만 조심하는 듯하다가 어느샌가 다시 다리가 나왔다. 여러 번 부탁드렸더니 사람 없을 때 위주로 살짝만 내밀고 조심하는 것 같아 다행이라고 생각했는데 다른 분은 그 모습조차 참기 힘드신 것 같았다. 두 분 모두 매일 오시는 분이라 서로 간에 긴장감은 고조되었고 나는 싸움이 날까 조마조마했다.

싸움을 막기 위해 중재를 하다가 두 분 모두와 친해졌는데, 체육 선생님은 지적 장애가 있는 아들이 한 명 있다고 했다. 어릴 적 아이를 돌보는 분 학대가 원인인 것 같다고 하시며 속상해하셨다. 나도 어린 딸을 어린이집에 맡긴 터라 가슴이 아팠다. 도서관 장애인 직업체험을 물어보셔서 여러 정보를 모아 드리기도 했다. 그렇게 두 분 사이를 왔다 갔다 하는 사이 분위기는 화기애애해졌고 서로 마음을 조금씩 열다 보니 다리 내밀기 사건은 저절로 해결되었다.

평일 낮에는 어르신들이 많았는데 가끔 열람 좌석 쪽을 바라보면서, 퇴직 후에 매일 도서관에 와서 시간을 보내시는 마음은 어떤 것일까 상상해 보기도 하고, 아빠 생각이 나기도 했다. 다리 내밀기 사건처럼 같은 공간 안에서 많은 시간을 보내다 보면 때로는 다투고 갈등을 겪기도 하지만 상대방 입장을 헤아리는 과정에서 미운 정 고운 정이 들기도 한다.

방학 때는 꼬마 단골손님들이 몰리는 시기다. 특히 기억에 남는 초등학생이 있었는데, 예쁜 원피스를 입고 매일 여덟 시간씩 혼자 책을 읽던 아이였다.

"와~ ○○이는 책을 진짜 많이 읽는구나. 멋지다!"

"엄마가 책 1,000권 읽으면 스마트폰 사준다고 했어요."

"와~ 1,000권 읽기에 도전하다니 대단한걸. 꼭 성공해서 스마트폰 받길 바랄게."

"히히히, 스마트폰 생각만 하면 기분 좋아요."

누구의 감시 없이도 성실히 책을 읽는 모습을 보니 기특했다. 매일 오늘은 몇 권 읽었는지 물어보며 응원해 주었다. 어느 날 둘째를 업은 엄마가 오더니 그 친구에게 카운터에 들릴 정도로 크게 화를 내서 깜짝 놀랐다. 온종일 도서관에서 책 보는 애를 혼낼 게 뭐가 있을까 싶었다. 자세히 들어보니, 이렇게 얇은 책만 읽으면 어떻게 하냐며 이런 식으로 하면 스마트폰은 없다고 하는 것이 아닌가. 예쁜 얼굴에서 뚝뚝 떨어지는 눈물을 보니 나의 마음도 무거워졌다. 화난 엄마의 얼굴에서 아이 둘을 키우는 고된 삶의 흔적이 스쳐 나도 모르게 엄마와 딸 모두에게 감정이입이 되었다.

이렇듯 나는 단골 이용자를 보며 다양한 마음을 품는데, 이용자는 나를 보며 무슨 생각을 할까 궁금하기도 하다. 혹시 인상이 안 좋은 여자가 이상한 행동을 한다고 생각하는 것은 아니겠지? 이용자도 가끔 나에게 관심을 기울이는 것은 확실한 것 같다.

아침에 팔이 아파 스트레칭을 잠깐 했는데 카운터에 오셔서 쪽지를 건네고 가신 분이 있었다. 뭔가 싶어 열어보니 '스쿼트'라는 세 글자가 또박또박 적혀있었다. 나를 유심히 보시고 좋은 운동을 소개해 주고 싶으셨던 것 같다. 이렇게 좋은 관심도 있지만 황당한 관심도 있다. 어떤 여자분이 내가 자기를 자꾸 쳐다본다고 안내실에 신고하셨다. 너무 황당해하니 직원들은 내가 눈이 커서 오해를 산 것 같다면서 눈을 반만 뜨고 다니라는 농담까지 했다. 이런 분들 때문에 단골 이용자를 가깝게 생각했던 마음이 갑자기 멀어진다.

단골 이용자는 나를 웃게 하기도 힘들게 하기도 하지만 그분들이 있어 도서관이 존재한다는 생각은 항상 마음 밑바닥에 깔려있다. 하지만 일을 꼭 돈 때문에만 하는 건 아니듯이 이용자도 항상 이해관계를 생각하면서 대하는 건 아니다. 나도 모르게 마음이 기울고 정이 가기도 한다.

특히 평일에 매일 오시는 단골 어르신들을 보면서 도서관이 그분들의 외로움을 조금이라도 덜어드릴 수 있으면 좋겠다는 생각이 들었다. 전자책과 오디오북 시장이 커지면서 도서관이 없어지면 어떻게 하나 걱정한 적이 있다. 영국에서는 외로움 장관을 선정하여 관리할 정도로 전 세계적으로 외로움이 사회문제로 대두되고 있다고 하는데 도서관이 사람들의 소외감과 고독감을 달래는 데 일조할 수 있다면 책이 없어져도 아니 그 어떤 역경이 닥쳐도 도서관은 끄떡없지 않을까?

도서관에 오기
좋은 날씨는?

그동안 어디 숨어있었는지 거리에는 꽃들이 화사하게 얼굴을 내밀고 있다. 나도 모르게 형형색색의 화려함에 시선이 사로잡힌다. 아름다운 계절처럼 내 마음도 꽃이 활짝 피면 좋으련만 남들 쉬는 주말에 출근해야 하는 나는 떨어지는 낙엽처럼 기운이 처진다.

도서관 문을 열자 주말 아르바이트 대학생이 활짝 웃으며 맞아준다. 이용자에게 친절하고 일도 잘하며 무엇보다 매사를 성심성의껏 대하는 태도가 예쁜 학생이다.

"날씨가 이렇게 좋은데 출근하기 싫었죠?"

나의 마음을 하소연하듯 물어본다.

"선생님, 오늘 날씨가 너무 좋아서 대부분 꽃놀이 갔을 것 같아요. 오늘은 이용자 별로 없겠는데요?"

"그럴지도 모르겠네요. 저번 주에 흐려서 이용자 진짜 많았거든요. 날씨가 안 좋아 갈 데가 마땅치 않으면 도서관에 오나 봐요."

"그런데 폭우가 오면 또 사람이 뜸해지던데요?"

"날씨가 적당히 좋으면 이용자가 오고, 너무 좋거나 안 좋으면 오지 않는 걸까요?"

"잘 모르겠네요. 그럼 오늘 날씨는 적당히 좋은 걸까요? 많이 좋은 걸까요? 호호."

"점치기 애매한 날씨네요. 오늘 이용자가 얼마나 오시는지 보면 알 수 있겠죠."

주말에 출근하면 하늘을 바라보며 이용자 추이를 점치는 게 첫 일과 중의 하나다. 도서관 이용자 수와 날씨의 상관관계는 분명 있어 보이는데 규칙을 만들기에는 아리송하다. 하지만 확실한 연관성을 보이는 것이 있으니 바로 '무더위'다.

책이라는 주된 목적 외에도 도서관에 오는 이유는 다양하다. 약속을 잡았는데 시간이 비어서 오기도 하고, 비를 피해서, 추위를 피해서 혹은 잔소리를 피해서 온다. 평소에는 다른 목적으로 오는 분들이 눈에 띄지 않지만, 여름이 오면 변화가 두드러진다. 비교적 자리가 여유로웠던 평일 낮에 더위를 피해서 오시는 분들로 북적인다. 주변에 공원이 있는 도서관은 평소 공원에 상주하시면서 시간을 보냈던 분들이 대거 유입된다. 도서관 문 닫을 때까지 주무시는 분이 많아지고, 앞에 앉은 사람 옷이 짧아 속옷이 보인다, 앞 사람 발 냄새가 심하다 등 색다른 민원도 등장한다.

평소에 보지 못했던 분들도 나타난다. 한번은 심상치 않은 행색의 노숙자가 오셨다. 노숙자 쉼터에 관한 책이 있냐고 물어보셨는데 본 기억이 전혀 없어 그냥 없다고 할까 하다가 눈빛이 무서워 찾은 시늉이라도 했다. 시간을 끌면서 여러 키워드로 검색해 보니 뜻밖에 정부에서 발간한 오래된 자료가 있는 거다. 어릴 적 소풍 보물찾기 시간에 별생각 없이 건드린 나뭇가지에서 보물 쪽지가 '뚝' 떨어진 것 같았다. 유용한 정보를 드린 것 같아 기분이 좋았지만, 문제는 그분 냄새였다. 얼마나 심한지 며칠 후 오신 걸 보지 못했는데도, 복도에 남은 냄새로 왔다 가섰다는 것을 추측할 정도였다.

공공도서관은 누구에게나 열린 공간이지만 특별한 경우에는 이용을 제한할 수 있는 이용 규정을 두고 있다. 노숙자분이 도서관에 오셔서 유용한 시간을 보내시는 것은 뿌듯한 일이지만 심한 냄새로 민원이 생길까 노심초사해지는 마음은 어쩔 수 없었다. 다행히 주로 자판기 커피를 드시고 자료실 내에서는 오래 머물지는 않으셨다.

예전에 심한 냄새가 나는 단골 이용자에게 도서관 직원들이 옷을 모아 드리면서 냄새나지 않게 잘 씻고 방문해 달라고 부탁드린 적이 있었다고 들었다. 말씀해 주신 선생님은 예전에는 이용자와 사서 간에 정이 있었는데 요즘은 삭막해졌다며 한탄을 하셨다.

어떤 분은 '지옥 불이 어쩌고저쩌고'라는 글씨로 화려하게 꾸민 본인 키보다 큰 십자가를 끌고 나타나셨다. 오늘은 날씨도 화창한데 왜 이리 어수선한가 싶어서 한숨이 나왔다. 일단 자료실에서 포교하시면 제지해야겠다고 준비를 하고 있었는데 의외로 십자가를 의자 옆에 얌전히 세워 놓은 채 조용히 책만 읽다 가셨다. 아무리 더위를 피하러 오셨다고 해도 도서관에 온 이상 책과 가까이할 수 있는 유인책이 되니 좋은 일이다. 십자가를 끌고 오셔도 대환영이다.

하지만 가지 많은 나무 바람 잘 날 없다고 했던가. 적정 온도에 맞추어도 덥다는 분과 춥다는 분이 동시에 나타나 나를 괴롭혔다. 자리를 옮겨보시라고 해도 소용이 없었다. 온도 때문에 시달리다가 나중에는 온도 조절기를 액자로 가려 버렸다.

자리 경쟁이 치열해지면서 다양한 민원이 생겼다. 쇠로 만든 원통형 쓰레기통이 있었는데, 앉을 자리가 없으니 그 위에 앉아서 책을 보시겠다고 하는 분도 계셨다. 당황한 마음에 정신이 멍해졌지만 애써 정신줄을 잡으며 쓰레기를 넣을 수 있는 입구를 막으면 안 된다고 차분히 말씀드렸다.

한번은 이용자가 카운터로 오셔서 항의하셨다.

"흰색 티에 청바지, 창가 쪽 검은색 블라우스, 복도 쪽 파란색 줄무늬 치마… 몰래 개인 공부하고 있으니 쫓아내 주세요."

"아~ 그렇군요. 죄송합니다. 일단 전체적으로 공지하고 그래도 안 나가시면 개인적으로 말씀드리겠습니다."

"(큰 소리로) 책 보시는 중에 죄송합니다. 지금 열람할 수 있는 자리가 부족하니 개인 공부는 자율학습실을 이용해 주시기 바랍니다."

몇 분이 조용히 짐을 싸서 나가시기에 다행이라고 생각하고 있는 찰나 민원을 내신 분이 다시 오셨다.

"아직도 흰색 티에 청바지, 검은색 블라우스 안 나가고 있잖아요. 일을 좀 제대로 하세요."

아예 펼쳐놓고 하시는 분은 나가라고 했지만 애매한 분들이 있었다. 하지만 예상 시험문제 콕콕 찍어주듯 특정 이용자를 지목하니 모른 척할 수도 없었다. 안내 후에도 꿈쩍하지 않는 분에게 나가라고 강요하는 게 쉬운 일은 아니지만 어쩔 수 없이 말씀드렸고 바로 나가셨다. 별문제 없이 일이 해결되었다고 혼자 뿌듯해하고 있었는데 다음 날 뜻밖의 공문이 날라 왔다. 국민신문고에 민원이 접수되었으니 답변하라는 거였다. 놀란 마음을 누르며 읽어보니 자료실에 비치된 역사책을 보면서 연도를 정리하느라 필기 좀 하였는데 사서가 나가라고 했다면서 도서관 책을 보면서 메모도 못 하느냐는 거였다. 그런 사정이라면 내가 말씀드렸을 때 항의를 하시거나 우리 도서관 홈페이지 게시판에 건의해도 될 텐데 조용히 나가신 후 국민 신문고까지 신고하신 것을 보니 화가 많이 나신 것 같았다.

　북적이는 것은 어린이 자료실도 예외는 아니다. 도서관에서는 여름방학을 맞아 다양한 행사를 마련한다. 여러 행사가 있지만, 가장 큰 방학 행사는 독서 교실이다. 학교당 두 명씩 직인이 찍힌 신청서를 팩스로 받았는데 선착순 접수가 문제였다. 처음 업무를 담당했을 때는 접수가 이렇게 과열될 줄 모르고 세심한 신경을 쓰지 못했다. 접수 시작 날짜만 적고 시간까지는 생각하지 못한 업무 실수로 엄청난 민원을 겪었다. 선생님들이 학교에서 선발된 두 명의 학생을 어떻게든 넣고 싶은 마음도 충분히 이해가 갔다. 전날부터 들어오기 시작한 신청서는 접수 당일 아침 수북하게 쌓였는데 선착순에서 밀린 학교에 일일이 연락을 드릴 때 항의하시는 분이 많았다. 접수 시작 시간을 못 적어서 죄송하다고 말씀드리고, 종이에 찍힌 팩스 전송시간으로 날짜가 바뀌는 12시부터 선착순으로 잘랐다며 양해를 부탁드렸으나, 몇 분은 설득이 쉽지 않았고, 목이 아플 정도로 전화통을 붙잡고 있어야 했다.

인근 초등학교에서 방학 때 학교 도서관을 이용하면 출석 도장을 찍어주고 많이 찍은 학생들에게 선물을 주는 이벤트를 진행한 적이 있다. 그때 우리 도서관에 오는 친구들에게도 도장을 찍어달라는 학교 사서 선생님의 부탁이 있었다. 도장 찍어주는 게 뭐가 어려울까 싶어서 선뜻 수락했는데, 여름 방학임을 간과했던 게 실수였다. 밀려드는 인파에 각종 민원, 행사까지 이미 포화 상태인데 도장을 찍어주는 것은 혼란 그 자체였다. 시간을 확인하고 도장을 찍어주는 게 원칙이지만, 사정상 학생이 스스로 시간을 적어 오라고 하고 신뢰를 바탕으로 도장을 대충 찍어주었는데, 소문났는지 갈수록 몰려들었고 도장 관련 민원까지 생길 정도였다.

봄과 가을은 책 읽기 좋은 날씨라며 전국 도서관이 일제히 도서관 주간(4.12.~4.18.), 독서의 달(9월)을 정해 다양한 행사를 펼친다. 행사 포스터에는 아름드리나무에서 한가롭게 책을 읽는 풍경이 단골 메뉴다. 하지만 날씨가 좋으면 책을 읽기 좋지만 놀러 가기도 좋은 게 문제다. "책 볼래? 놀러 갈래?" 하면 대부분 놀러 간다고 하지 않을까? 막상 도서관에 근무해 보니 도서관의 성수기는 뙤

약볕이 내리쬐는 한여름이었다. 더위를 피해 한철 오는 손님을 사시사철 붙잡기 위해 '도서관 피서의 달'을 하나 더 만들면 어떨까 싶다.

이상한
분실물 가게

《전천당》으로 유명한 히로시마 레이코의 신작 이야기가
아니다. 바로 도서관의 얘기다. 도서관은 책을 모아놓은
장소이니 가장 많이 없어지는 물건 역시 책이라 이를 방
지하기 위해 도난방지 칩이 책에 숨겨져 있다. 예전에는
책을 펼쳐 가늘고 길쭉한 감응 칩을 최대한 보이지 않게
숨기기 위해 책등에 바싹 붙이려고 온갖 노력을 기울였는
데 요즘은 아주 편하게 착~ 붙일 수 있다. 칩의 모양과
위치가 바뀌었기 때문인데 자세한 건 영업 기밀이라 공개
할 순 없다. 대출을 안 하고 책을 들고 나가면 입구에서
'삐삐' 소리가 나며, 동시에 컴퓨터에 소리가 나는 책 제

목이 떠서 대출 안 한 책을 금방 찾을 수 있다. 예전에는 자료실 내 가방을 가지고 들어갈 수 없었지만, 도난방지시스템 덕에 자유롭게 가져갈 수 있게 되었다.

하지만 여기에도 빈틈은 있다. 흔한 일은 아니지만, 자료실 입구에 설치된 도난방지시스템에 걸리지 않기 위해 책을 가방에 넣어 몰래 창문으로 던지기도 하고 감응 칩 위치를 어떻게 알고 유유히 뗀 후 가방에 넣고 가는 일도 있다고 들었다. 책을 관리하는 사서 입장에서는 황당한 일이지만, 스마트폰에게 책이 점점 밀리고 있는 시대에 책을 좋아하는 순수한 마음으로 그런 위험까지 감수한다면 왠지 응원해 주고 싶은 마음이 든다. 물론 내 눈에 현장이 목격되면 열심히 잡겠지만 말이다.

문제는 도난이라고 생각하기에는 책이 너무 많이 없어진다는 것이다. 자료실에 근무하면서 가장 난감할 때는 이용자가 찾는 책이 있다고 검색되는데 막상 서가에 가보면 없을 때다. 그 책을 빌리기 위해 멀리서 왔다며 화를 내시면 드릴 말씀이 없어 어디 구멍에라도 숨고 싶어진다. 반드시 찾아서 연락드리겠다며 최대한 불쌍한 표정을 지으며 죄송하다고 하는 수밖에 없다. 이용자가 가면 눈에 불을 켜고 찾아보는데 일단 원래 있어야 할 자리 주변

서가를 모두 뒤진다. 그래도 없으면 813.6이라면 813.8, 818.6 등 착각할 수 있는 번호를 최대한 추리하여 도전한다. 사람이란 게 책을 꽂다가 잠깐 딴생각에 빠지거나 6이 8으로 보이는 착시도 일어날 수 있으니까 말이다. 대부분 어디선가 튀어나오긴 하지만 아무리 찾아도 결국 안 나오기도 한다.

이런 경우를 방지하기 위해 잘못 꽂힌 책이 있나 살펴보고 없는 책을 점검하고, 훼손된 도서 수리를 하는 등 수시로 관리하고, 가끔은 며칠 동안 문을 닫고 대대적으로 점검을 한다. 자료실에 있는 모든 책을 체크하여, 도서관리 시스템과 대조하는 장서 점검은 도서관마다 다르지만 보통 2년에 한 번 정도 한다. 체크한 도서 정보를 관리 시스템에 넣고 '장서 점검' 버튼을 누르면 없는 책 목록이 나오는데 버튼을 누르기 전부터 긴장감으로 손이 파르르 떨린다. 내가 책을 구워 먹은 것도 아닌데, 없어진 책이 많이 나오면 관리 소홀인 것 같아 자책하게 되고 장서 점검을 마친 후 윗분들이 꼭 물어보기 때문에 눈치가 보인다.

장서 점검 결과 도서관리 프로그램 데이터상에는 살아 있지만, 실제로는 없는 책들은 2년 정도 더 찾아본다. 그래도 나오지 않으면 규정에 따라 제적 처리(없는 책으로 보고 DB에서 삭제)한다. 요즘에는 기계에 찾을 책들을 입력하고 길쭉한 봉을 서가에 쭈욱 갖다 대기만 하면 알아서 찾아주는 신박한 기계가 생겼다. '책아, 나와랏! 얏' 하고 주문을 거는 요정처럼 마술 봉을 휘두르기만 하면 '삐비빅' 소리를 내며 책이 있다고 알려준다. 가구 뒤쪽에서 숨바꼭질하던 책이 짠 나오기도 하고, 언제 놀러 갔는지 다른 자료실에서 불쑥 튀어나오기도 한다. 장서 점검을 한 후 몇 달 사이에 숨어있는 책들은 대부분 나오는데 다음 해에도 한두 권씩 꾸준히 나타나는 걸 보면 신기하다. 도대체 어디에 숨었다가 이제야 모습을 드러내는지 미스터리다. 이런 책을 보면 오래전에 가출한 책이 집으로 들어온 것처럼 반갑고 기쁘다. 책을 찾아서 좋은 것도 있지만 사실은 없어진 책들에 대해 정기적으로 결과 보고를 해야 하는데 0권이라고 쓰기가 민망하기 때문이다. 분실된 책이 너무 안 나와 답답할 때는 자비로 똑같은 책을 사서 찾았다고 보고를 해버릴까 하는 유혹에 시달리기도 한다. 실제로 누군가는 그렇게 했다는 이야기를 풍문으로 들었다.

도서관에서 책만 없어질 것 같지만, 생각보다 다양한 물건이 사라진다. 가장 충격을 주었던 것은 도서관 반납함이 사라진 사건이었다. 철로 되어있어 무게가 상당한데 누군가 밤새 차로 싣고 간 모양이다. 성인 남자 여러 명이 겨우 들 수 있는 무거운 반납함을 차까지 동원해서 싣고 간 이유가 무엇인지 지금도 알 수 없다. 누군가는 고철을 팔기 위한 것 같다고 했다. 반납함이 그렇게 가치 있는 물건이라면 도난 사건이 수시로 일어나야 하는데, 내가 오랜 세월을 근무하면서도 딱 한 번 겪었고 주변에서 그런 일이 일어났다는 말을 들어본 적이 없다. 미스터리다.

　반납함과 함께 그 안의 책까지 사라진 건 큰 시련이었다. 갑자기 반납이 안 되었다는 문의가 쇄도했다. 가끔 반납을 안 하고도 했다고 착각하시는 분도 계셔서 이를 가려내느라 아수라장이 되었다. 급한 대로 다른 도서관에서 쓰지 않는 반납함을 임시로 가져다 놓았는데 상태가 썩 좋지 않았다. 책을 위로 빼는 방식이었는데 책이 줄어들면 자동으로 바닥이 올라오는 기능이 고장 났다고 했다. 철로 된 뚜껑을 들어보니 너무 무거웠다. 걱정이 많은 나는 꿈속에서 반납함 안에 깊이 박혀 있는 책을 빼려다가 뚜껑이 엎어져 목이 부러지는 악몽을 꾸었다. 그 후론 새 반납함이 오기 전까지 한 사람은 뚜껑을 잡고 한 사람은 책을 꺼내는 2인 1조 방식으로 반납함을 털었다.

　도서관에서 물건들이 없어지기만 하는 건 아니다. 뜻밖의 것들이 생기기도 한다. 《도서관 고양이 듀이》라는 책은 미국 시골 공공도서관 반납함에서 발견한 새끼 고양이를 키우면서 생기는 따뜻한 이야기를 담고 있다. 알코올 중독자였던 남편과 이별하고 외롭게 지내던 사서는 뜻하지 않게 찾아온 고양이를 키우기로 한다. 고양이와 지내면서 사서의 상처는 서서히 치유되었고, 고양이는 도서관 이용자에게도 위로와 기쁨을 주며 많은 사랑을 받았다고 한다. 이 책은 그림책으로도 만들어졌는데, 도서관 견학을 오는 유치원 친구들에게 읽어주는 단골 아이템이다. 책을 읽어줄 때마다 반납함을 열었을 때 새끼 고양이가 나오면 어떤 기분이 들까 상상하며 우리 도서관에도 산뜻한 사건이 일어나길 기대했지만, 이용자가 두고 간 잡다한 물건들만 가득가득 쌓일 뿐이었다.
　이용자가 두고 간 것 중 가장 흔한 것도 역시 책이다. 도서관에서 잃어버린 책을 요술처럼 찾아서 놓고 가시면 참 좋겠지만, 아쉽게도 다른 도서관 책이나 개인 책을 두고 가신다. 사서에게 일거리를 하나 더 던져주는 셈이다. 다른 도서관 책은 해당 도서관에 전화하여 찾아가실 수 있도록 안내해 드리면 되지만, 개인 책은 이용자가 문의할 때까지 찾아줄 방법이 없어 답답하다. 책뿐만 아니라 책가방을 통째로 두고 가기도 한다. 마감하고 문 닫으려고 하는데 테이블에 책가방과 개인 물건이 그대로 놓여있으면 이걸 어떻게 해야 하나 나도 모르게 한숨이 나온다. 주섬주섬 물건들을 책가방에 넣을 때 저 멀리서 가방 주인들이 헐레벌떡 달려오면 나의 시무룩한 표정은 돌연 밝아진다.

책 사이에 뭘 껴놓은 걸 잊어버리고 책과 함께 반납하기도 한다. 현금, 상품권, 영수증, 건강검진 결과표, 주민등록등본 등 다양한 것이 들어있는데 직전에 반납한 이용자를 조회하여 연락드린다. 물건을 잃어버리셔서 상심하다가 뜻밖의 전화에 기뻐하시면 나도 기분이 좋아진다. 이런 전화를 많이 하다 보니, 물건을 잃어버렸을 때 나도 모르게 내가 이용하는 다른 도서관에서 연락이 오지 않을까 기대하게 되는데 나에겐 그런 행운은 일어나지 않았다.

성인 자료실에서 물건 분실은 하나의 사건이지만 어린

이 자료실에서는 일상이다. 물통, 머리핀, 필기구, 우산, 잠바, 모자, 부채, 공책 등 다양한 물건들이 매일 출몰한다. 핸드폰이 분실되면 통화를 해서 주인을 찾아줄 수 있는데 자질구레한 것들은 하염없이 쌓여서 나의 마음을 짓누른다. 분실물은 이용자가 찾기 쉽게 눈에 띄는 곳에 놓다가 일정 기간이 지나면 분실물 바구니로 옮겨 놓고 문의하시면 찾아 드린다.

한번은 종이접기로 만든 동물 모양의 종이가 책상 위에서 굴러 다니길래 문 닫고 정리하면서 쓰레기통에 버린 적이 있다. 다음 날 유치원 다니는 친구가 엄마 손을 잡고 도서관으로 찾아와서 종이 새 어디 있냐고 물어봤다. 청소하면서 버렸다고 죄송하다고 하자 아이가 울음을 터뜨려서 난감한 적이 있다. 그 후 사소한 것도 웬만하면 안 버리는 데 초등학교가 바로 옆이라 아이들이 방과 후 수업 시간에 만든 것을 너무 많이 두고 가는 게 문제다. 바구니도 가득 차서 넘칠 것 같으면 어쩔 수 없이 조금씩 버리는데 무엇을 버릴지 고민된다. 초능력이 있어 잃어버린 물건을 친구들에게 다 돌려줄 수 있었으면 좋겠다. 바구니에 쌓여가는 분실물을 볼 때마다 불가능이 없는 동화책속 마술사 사서 선생님을 꿈꾼다.

열린 공간으로서의
도서관

배가 더부룩하다. 오늘은 6시부터 야간 근무를 해야 해서 5시에 밥을 먹었다. 도서관은 저녁 8시까지 문을 열기 때문에 직원 두 명씩 조를 짜서 근무한다. 이른 저녁으로 집에 가서 밥을 또 먹을 것을 알면서도 출출함을 못 이겨 먹고 늘 후회한다. 이럴 줄 알고 저녁을 안 먹는 현명한 직원들도 많지만, 나의 본능은 항상 이성을 누른다.

더부룩한 배를 부여잡고 자료실로 향한다.

'오늘은 별일 없어야 하는데…'

2층에 도착하자마자 요주의 이용자가 있는지부터 확인한다.

'아이고~ 저분 또 오셨네!'

두 분이 나의 레이더망에 잡혔다. 한 분은 항상 끝날 때까지 있는데 웬만해서는 나가지 않는다. 한 분은 뇌전증(간질) 환자신데 도서관에서 발작을 일으킨 경험이 있어 불안하다. 내가 다른 도서관에 있을 때 매일 오셨는데 이사하셨는지 우리 도서관으로 새로이 둥지를 트셨다. 갑자기 예전 도서관에서 있었던 기억이 밀려왔다.

"쿵!"

가구가 쓰러지는 듯한 묵직한 소리가 들렸다.

"사람이 쓰러졌어요!"

누군가 소리친다. 직원이 응급 처치를 하러 간 사이 나는 119를 부른다. 다행히 구급차가 도착할 때쯤 발작은 멈추었지만, 얼굴이 창백하고 땀에 흠뻑 젖어있다. 벽에 겨우 기대어 앉아 계시니 구급대원이 병원에 갈 것을 권유한다.

"선생님, 안색이 안 좋으세요. 병원에 가셔야 할 것 같습니다."

"절대 안 갑니다. 제 병은 제가 잘 알아요."

"그럼 보호자 연락처 주세요. 연락드리겠습니다."

"보호자 없어요. 저 돈 없어요. 절대 병원 안 가요"

환자의 태도가 완강하다. 구급대원이 몇 가지 건강 체크를 한다. 다행히 양호한가 보다.

"그럼 댁까지라도 모셔드리겠습니다"

나는 구급차에 실려 가는 이용자의 뒷모습을 불안하게 바라보았다. 오래 있었던 직원 말에 의하면 전에도 이런 일이 있었다고 한다. 그때는 이분이 언니 연락처를 주어 전화를 걸었는데, 다시는 연락하지 말라고 했단다. 아플 때 연락할 사람이 한 명도 없으시다는 게 마음이 아팠다. 그래도 매일 도서관에 오셔서 책을 읽고, 한 아름 빌려 가신다. 이상한 것은 매일 오면서도 연체하고 이용정지 상태에서 빌려달라고 사정한다는 것이다. 어떤 직원은 연체료가 없다는 호소에 자기 이름으로 책을 빌려주기도 했다.

그 당시 매일 오시던 비슷한 분위기의 다른 이용자도 떠올랐다. 거의 6년 전인데도 얼굴이 생생하다. 덥수룩한 장발에 검정 뿔테를 쓰고 몸집이 크셨다. 오버핏 잠바를 입고 매일 엎드려 주무셨는데 큰 거북이가 책상 위에 앉아있는 것 같았다. 얼마나 긴 시간을 주무시는지 가끔 코를 골아 깨워야 할 정도였다.

그 무렵 유독 다른 데 꽂힌 책이 많아졌다. 책 정리를 하다가 화가 난 공익근무요원이 아무래도 이상하다며 시간을 주면 밝혀내겠다고 했다. 며칠 동안 서가에 숨어 보초를 선 끝에 매일 주무시는 분이 가끔 깨서 책을 어지르는 것을 잡아내었다. 매일 방문하시면서 굳이 연체하시는 분도, 서가를 몰래 어지르는 분도 혹시 사서의 관심이 필요한 것일까? 학창 시절 선생님의 관심을 끌기 위해 짓궂은 장난을 멈추지 않았던 남학생들이 떠올랐다.

잠깐 추억 여행을 마치고 현실로 돌아오니 뇌전증 환자분이 지나간다. 요즘에도 언니와 연락 안 하시나? 갑자기 근황이 궁금해진다.

'오늘은 제발 발작을 일으키지 않았으면.'

불안한 마음에 30분에 한 번씩 가서 확인한다. 다행히 괜찮으시다. 시계를 보니 8시가 되었다. 역시나 한 분이 남았다.

"이용 시간 끝났습니다."

들은 척도 하지 않는다. 10분 더 기다려 본다.

"나가셔야 합니다."

목소리에 힘을 준다. 미동도 없다. 남자 선생님께 부탁드려야 하나 고민 중에 같이 근무하는 선생님이 새로운 제안을 하셨다.

"내가 방법을 알아냈어. 불을 끄면 돼"

"네? 사람이 있는데 불을 꺼요?"

"매일 저러는데 어쩔 수 없잖아. 일단 5분 뒤에 불 끈다고 말씀드리고 그래도 안 가면 끄자고."

5분 뒤 불 끈다고 말씀드렸으나 역시나 들은 척도 안한다. 시간이 지난 후 그분이 앉아있는 데서 먼 쪽부터 하나하나 끄기 시작한다. 꿈쩍도 안 하신다. 결국 완전히 소등 후 1분 후 켜고 끄기를 반복한다. 무대 조명도 아니고 이게 무슨 짓인지 싶어 한숨이 나온다. 몇 번 반복하자 화려한 무대 조명에 놀라셨는지 주섬주섬 짐을 챙기신다.

'어머 효과가 있네! 이런 신박한 아이디어가 있나.'

평소에는 남자 직원이 큰소리를 쳐야 겨우 나갔는데 큰 소동 없이 해결되니 마음이 편하다. 나가면서 나에게 와서 "안녕히 계세요." 인사를 하신다. 나는 못 들은 척한다. 문을 잠그고 계단을 내려오는데 뒤에서 또 인사한다.

그분은 한 번 인사를 받으면 하루에도 수십 번 와서 인사하기로 유명하다. 업무에 방해가 될 정도로 와서 인사를 하는데 처음부터 무시하면 괜찮다고 한다. 며칠 전, 화장실에서 나오다가 복도에서 그분을 마주쳤다. "안녕하세요." 인사하시는데 딴생각하다가 무조건 반사로 고개를 까딱해 버렸다.

그 후로 역시나 수십 번의 인사를 받게 되었다. 같은 실수를 하지 않기 위해 인사를 계속 무시하면서도 이래도 되나 싶어 찝찝한 마음이 들었지만, 평소에 좋아하는 선생님과 같이 퇴근하니 기분이 좋아졌다.

"선생님! 어떻게 불을 끄실 생각까지 하셨어요?"

"큰소리 내서 뭐 하게? 좋게 해결하려고 고민하다가 생각해 낸 거지, 할아버지가 정신장애 있으신 것 같은데, 딱히 갈 데도 없을 것 같고, 엉뚱한 데 가서 봉변이라도 당하면 큰일이지. 다른 데 안 가고 도서관에 온종일 있으니 가족은 얼마나 마음이 놓이겠어."

나는 특이한 이용자를 무섭게만 생각했다. 그래서 나가지 않으면 남자 선생님께 부탁해서 내보낼 생각만 했다. 동료 직원을 보면서 불편한 이용자에 대해 공감하는 따뜻한 마음을 품는다면 같은 상황도 다르게 대처할 수 있음을 배웠다.

도서관에 오시는 다양한 분들을 보면 모두에게 열려있는 도서관의 꿈은 어느 정도 실현된 것 같다. 20대 취준생도, 70대 정년퇴직하신 어르신도 도서관으로 온다. 부자도, 노숙자도 도서관에 온다. 세대 갈등과 양극화 심화로 서로 멀어져만 가는 이 시대에 다양한 사람이 모일 수 있는 흔치 않은 공간이 바로 도서관이다. 이젠 열려있는 도서관을 넘어서 사회적 통합과 소통의 작은 징검다리 역할을 하는 도서관이라는 새로운 꿈을 품어본다.

책 독촉은
힘들어

"제가 첫 손님인데 연체료 깎아주시면 안 돼요?"

9시가 되자마자 멋진 양복을 차려입은 이용자가 들어오더니 물어보신다. 농담인가 싶어 살펴보니 사뭇 진지하다.

"개시부터 이러시는 건 좀 그렇지 않나요?"

다른 직원이 정색하며 대답한다. 이용자는 당황하여 황급히 자리를 떠난다. 나는 이 상황이 믿기질 않아 직원과 이용자를 번갈아 쳐다본다.

도서관은 책을 주는 곳이 아니라 '빌려'주는 곳이기 때문에 전당포처럼 회수 관리를 해야 한다. 연체료를 받고,

이용 정지를 부여하기도 하며, 독촉 전화를 걸고, 장문의 독촉장도 보낸다. 연체 도서 회수는 떼인 돈을 받아내는 것처럼 쉽지 않으며, 과하게 독촉하다 험한 일을 당하기도 한다.

알림 톡을 몇 번 보내고도 반납을 하지 않으면 일일이 전화를 돌린다. 계속되는 독촉에도 불구하고 반납을 하지 않는 장기 연체자 명단을 보면 한숨이 절로 나온다. 전화를 돌리면서 메모했던 종이를 펼쳐본다.

'곧 반납하신다면서 1년째 미룸.'

'도서관이라는 말을 듣자마자 끊어버림.'

'바쁜데 전화했다고 화냄.'

'외국이라고 하심. 로밍 중이라고 하셔서 황급히 끊음.'

'책 줄 테니 따로 만나자고 함.'

'전화를 계속 안 받음.'

메모를 읽어보며, 어떻게 하면 책을 많이 받아낼 수 있을지 고민하다 연체 도서 관리를 잘하시는 직원에게 비법을 물어보았다.

"선생님, 어쩜 그리 연체 도서가 없으세요? 회수 비법 있으시면 저도 알려주세요."

"특별한 게 어디 있겠어? 오래 하다 보면 거짓말인지

아닌지 감이 와. 벨 소리만 들어도 일부러 안 받는 건지 촉이 온다니까. 집에 가서 도서관 번호가 아닌 다른 번호로 걸면 딱 잡히는 거지."

"정말요? 신기하네요. 저는 아직 감이 없나 봐요. 다짜고짜 화내시는 분도 있고 감당하기 힘든 분들이 많아 전화하기가 두려워요. 어쨌든 마음을 다잡고 열심히 해봐야겠어요."

이리저리 헤매기 일쑤인 나도 단박에 거짓말임을 알 수 있을 만큼 황당한 일이 있었다. 전화를 걸었더니 어제 교통사고가 나서 중환자실에 계신다고 했다. 팔과 다리가 부러져 손가락 하나 까닥할 수 없다고 하셨다. 생사가 왔다 갔다 하는 판국에 책이 대수냐면서 다시는 전화 걸지 말고 책 받을 생각도 하지 말라고 했다. 아프다는 거짓말을 우렁찬 목소리로 하시는 게 어이없어 헛웃음이 나왔다. 사정은 충분히 이해가 가지만 책은 공유재산이라 마음대로 처리할 수 없어 죄송하다고 했다. 상황이 나아지시는 대로 꼭 반납하셔야 한다고도 덧붙였다. 화내시면서 전화를 일방적으로 끊더니 다음 날 반납함에 책을 몰래 넣고 가셨다.

책을 받아내기 위해 온갖 노력을 하던 내가 책 회수를 포기한 적도 있다. 전화할 때마다 계속 다른 분이 받아서 어쩔 수 없이 연체 상황을 말씀드리고 전해달라고 부탁드렸다. 전화를 받은 분이 자기가 잘 말해줄 테니 걱정하지 말라고 하셨다. 그 후 몇 주 기다렸는데도 책이 들어오질 않길래 다시 전화를 드렸다. 역시나 다른 분이 받으시더니만 갑자기 막 화를 내시는 게 아닌가.

"뭐라고요? 내가 그렇게 말했는데 그 새끼가 반납을 안 했다는 거죠? 이 자식 가만히 안 두겠어! 내가 반드시 반납하게 만들겠어!"

책 한 권 때문에 살인사건 날 기세였다. 너무 무서웠다. 언어 관련 책이었는데 저렇게 험한 사무실에서 탈출하기 위해 공부하는 것일까 하는 생각이 들 정도였다.

"아하하하! 반납하지 않으셔도 돼요. 수고하세요."

황급히 전화를 끊었다. 마침 집에 똑같은 책이 있는 게 생각났다. 다음 날 내 책을 가져와서 처리하면서 그분이 책 한 권 때문에 심한 고통을 당하지 않기를 기도했다.

연체 독촉을 하면서 황당한 일만 겪는 것은 아니다. 생각지도 않은 따뜻한 경험도 한다. 연체 도서 관리를 했던

1년 반 동안 여러 통의 감사 편지를 받았다. 연인이 주는 편지 못지않게 사랑이 듬뿍 담긴 편지였다. 편지들을 서랍에 넣어두고 힘들 때마다 꺼내 보았다. 이사 등으로 어쩔 수 없이 연체하신 분이 택배로 반납 도서를 보내시면서 편지를 함께 넣어주시는 분이 많았다. 계속되는 독촉 전화에도 불구하고 끝까지 친절해서 감동했다는 내용이 대부분이었다.

나도 인간인지라 불같이 화를 내고 싶은 적도 많았지만, 소심한 성격 덕분에 자제할 수 있었다. 마음속에서 우러난 친절이 아니라 항의가 두려워 날카로운 발톱을 숨긴 거다. 걱정이 많은 새가슴을 넓은 인격으로 착각하시고 감동까지 받으셨다니 부끄러운 마음이 들었다. 또한 연체 도서를 받기 위해 기를 쓰는 나를 안쓰럽게 여기시고 미안해하는 마음이 고마웠다. 이렇게 따뜻한 마음을 표현해주시는 분들 덕에 특이한 이용자에게 받은 상처가 희미해진다.

책 반납 독촉을 하며 가장 힘들 때는 이용자가 이미 책을 반납했다고 주장하는 경우다. 이용자의 착각인지, 고의로 그러는 건지 아니면 정말로 반납했는데 시스템상에만 연체 중으로 남아있는 건지 확신할 수가 없다. 이용자가 무인 반납기 기계를 잘못 다룬 경우, 직원이 실수한 경우, 책을 놓고 가시고 반납했다고 착각하시는 등 다양한 상황이 발생한다. 하지만 이런 경우 대부분 서가에 반납된 책이 있으므로 바로 확인이 된다. 문제는 반납했다는 책이 도서관에 없는 경우다. 며칠에 걸쳐 서가 전체를 이 잡듯이 샅샅이 뒤진다. 빨리 반납 처리를 해달라는데 책은 없으니 속이 바싹바싹 타들어 갔다. 행방을 알 수 없는 책이 많아질수록 걱정으로 잠들지 못하는 날도 늘어났다.

그런데 믿을 수가 없는 일들이 일어났다. 시간이 지나면서 고민하던 책들이 하나둘씩 나타나는 것이다. 90%는 집에서 사라진 책을 반납한 것으로 착각하셨다며 이용자가 가지고 오셨고, 10%는 도서관 서가 정리를 하다가 엉뚱한 곳에서 튀어나왔다. 반납했는데 일 처리가 엉망이라고 소리쳤던 분이 반납함에 조용히 책을 넣고 가시기도 하고 책이 자동차 시트 밑으로 깔린 걸 못 봤다는 분도 계셨다. 거실 책장 뒤로 넘어간 책을 우연히 발견했다는 분이 죄송하다고 하면서 책을 가지고 오시기도 했다. 행방이 묘연한 책들은 끊임없이 생겨서 나를 괴롭혔지만, 신기하게도 시간이 흐르면서 많은 부분이 저절로 해결되었다. 이런 상황이 반복되자 걱정하는 마음을 줄이고 될 대로 되라는 정신으로 잠도 잘 자게 되었다. 책이 끊임없이 사라지고 다시 나타나는 것을 일상으로 받아들이게 된 것이다.

예전에는 이용자가 반납했다고 주장하시면 책이 어디 있는지 확신할 수 없으니 한 번 더 생각해 달라고 했다가 이용자의 화를 부르기도 했다. 하지만 이젠 같은 상황이라도 대응 방식이 달라졌다.

"이런 상황이 되어서 죄송합니다. 하지만 당장은 책이 안 보이니 저도 어떻게 해야 할지 모르겠습니다. 저희가 도서관을 샅샅이 뒤져보겠습니다. 당연히 반납하셨다는 것은 믿습니다. 하지만 당장 반납 처리는 어렵고요, 조금만 시간을 주세요."

이렇게 상황에 정면으로 맞서지 않고 저절로 해결되길 기다리면서 몸을 수그리고 시간을 번다. 고민으로 잠 못 들던 지난 세월이 약간의 지혜를 만들었나 보다. 이젠 이 버티기 전략을 끊임없이 생겨나고 없어지며 나를 괴롭히는 인생의 소소한 다른 문제들에도 적용할 수 있는 응용력을 키우고 싶다.

도서관을
도와주시는 분들

도서관에 쌓인 책을 보면 한숨이 절로 나오는 나도 다른 도서관에 놀러 가면 같은 책 냄새도 다르게 느껴지며 생기발랄해진다. 도서관에서 일할 때는 정신줄을 흔드는 것들이 수시로 튀어나와 당황하지만 다른 도서관에 놀러 가면 책 읽는 사람들, 서가의 책들, 주변 꽃나무까지 나를 행복하게 하는 것들뿐이다. 사서가 되지 않았다면 도서관을 더 사랑했을지도 모르겠다. 도서관은 지역사회의 독서·문화 활동과 소통의 장으로 삶의 질을 높이는 역할을 한다. 기피 시설의 입지선정 갈등을 해결하고자 도서관을 짓기도 하고 도서관이 새로 생긴다는 소문에 지역 부동산

카페가 들썩이기도 한다. 이렇게 도서관은 주민들의 사랑을 받는 곳으로 이 공간을 위해 자신의 자원을 기꺼이 나누어 주시는 고마운 분들이 많다.

자원봉사자분들은 1365 자원봉사센터를 통해 오시는 분들이 가장 많은데 선착순으로 마감한다. 이를 통해 오시는 분들은 순수하게 도서관을 도우려는 분들도 있지만, 봉사 시간을 목적으로 오는 청소년이 대부분이다.

반납이 많은 주말에는 이 학생들 없었으면 어쩔 뻔했나 싶을 정도로 큰 도움이 되지만, 간혹 책을 엉뚱한 곳에 꽂기도 하고, 서가 사이에 웅크리고 앉아 핸드폰 삼매경에 빠지는 친구도 있다. 같은 일을 시켰는데 누구는 편한 일 시키고 나만 힘들게 한다고 민원을 넣기도 한다.

특이한 학생에게 당하고 나면 자라 보고 놀란 가슴 솥뚜껑 보고 놀란다고 한동안 모든 봉사 학생 눈치가 보여 스트레스가 되기도 한다. 반면 뭘 해도 성공하겠다 싶은 생각이 들 정도로 성실한 친구들도 있다. 이 친구들에게는 훼손 도서 수리 같은 정성이 필요한 업무를 시키기도 하는데 어떤 친구는 의대 입시를 위해 필요하다며 방학 내내 자료실 허드렛일을 척척 해주기도 했다. 자원봉사

신청부터 활동 확인서 발급까지의 모든 절차는 도서관 정기 감사에서 단골로 지적되는 부분이어서 학생 시간 관리나 서류 구비에 신경이 많이 쓰이는 업무기도 하다.

외고 학생들이 주로 하는 영어 동화책 읽어주는 봉사도 있는데 책임감과 수업 능력이 필요하다. 유아실에서 아이들을 빙 둘러앉히고 영어책을 읽어주는 모습을 보면서 공부도 잘하고 성실한 친구가 착하고 예쁘기까지 해서 놀라울 따름이었다. 봉사 시간만 주고 귀한 인재를 다양한 업무에 투입할 수 있다는 게 감사했다.

학생들 외에도 복지관에서 파견 나오는 직업체험 장애인도 많은 도움을 주신다. 도서관은 일자리만 제공하고 복지관에서 활동비가 지급된다. 복지관에서 새로운 분을 보낼 때 2~4주 정도 담당 사회복지사가 함께 와서 지도해 주신다. 교육생이 반납된 책을 정리하고 꽂는 것을 몇 시간 동안 따라다니며 반복 훈련을 시키시는데, 아무나 할 수 없는 전문적인 영역이라고 하셨다.

책의 순서를 나타내는 청구기호를 가르칠 때도 비장애인에게 하는 방법과는 달랐다. 의사소통이 쉽지 않은 자폐 장애 교육생에게 무한반복 교육을 하면서도 밝은 표정을 잃지 않는 복지사 선생님을 항상 존경하는 마음으로 바라보았다. 청구기호를 이해하기까지 노력이 필요하지만 한 번 익히면 잔소리가 전혀 필요 없을 정도로 일을 척척 해낸다. 책을 얼마나 정확하고 빠르게 꽂는지 나도 모르게 감탄할 정도다. 하지만 안타깝게도 모든 분이 성공적으로 일을 배우는 것은 아니다.

개인적인 이유로 그만두신 분 후임으로 새로운 분이 오게 되었는데, 사회복지사와 함께 일주일을 연습했는데도 진척이 없어 보였다.

"선생님, 새로 오신 분이 일을 배울 수 있을까요?"

"지금은 부족하지만 조금씩 나아지고 있습니다. 어머니가 딸이 도서관에서 일하게 되어 너무 좋아하십니다. 가정에서도 지도하고 있다니 믿어보세요"

"알겠습니다. 잘 부탁드립니다."

그 후 2주가 흘렀지만 아무리 봐도 제자리걸음이었다. 사회복지사 선생님이 오실 날이 며칠 남지 않아 마음이 다급해졌다.

"선생님, 제가 유심히 봤는데 책 꽂는 게 너무 느립니다. 반납된 책 열 권을 순서대로 배열하는 데도 한 시간 넘게 걸렸고 책 꽂는 것은 시작하지도 못했어요. 배열의 정확도도 떨어지고요. 이 상태라면 일은 어려울 것 같은데요."

"죄송합니다. 저도 교육하면서 적응하기 힘들겠다고 느끼고 있었어요."

몇 주 동안 일을 배우기 위해 애쓴 분을 돌려보내며, 마음이 아팠다. 다행히 다음에 온 분은 교육과정을 잘 마치고 우리 자료실에 합류하게 되었다. 함께 근무한 지 몇 달이 지난 어느 날 같이 근무하는 직원이 교육을 받기 위해 며칠 자리를 비우게 되었다. 새로 합류하신 분은 자폐 장애로 직원들에게 관심이 별로 없는 줄 알았는데, 교육을 받으러 간 직원의 빈 책상을 수시로 두드리며 애타게 그리워했다. 아무리 생각해도 나보다 잘해주는 게 없어 보이는데 그 직원만 의지하는 이유를 알 수 없었다.

동료 직원 생각에는 나에게는 두려움이 있어 보인다며 편견 없이 바라보는 게 중요하다고 했다. 자폐 장애인과 의사소통을 어떻게 해야 할지 어쩔 줄 몰라 하던 마음을 들킨 듯했다. 장애인을 위한 특별한 대우보다 함께 어울릴 수 있게 도와주는 평범한 배려가 중요하다는 글을 읽은 적이 있다. 교육생에게 자연스럽게 다가갈 수 있는 친화력과 공감 능력을 어떻게 키울지 고민되는 순간이었다.

다양한 이유로 도서관 일을 도와주시지만, 아무 대가 없이 순수하게 봉사해 주시는 분들도 많다. 이전 도서관에는 책 놀이 공연을 위한 60대 전후의 선생님이 열 분 정도 계셨는데 아이들을 위해 다양한 공연을 해주셨다.

한 시간 공연을 위해 며칠을 도서관에 오셔서 공연 기획, 대사 연습, 소품 제작을 해주셨다. 무대 장식과 의상을 한 땀 한 땀 직접 만드시다가 다 못 한 것은 집까지 가져가 작업을 해주셨다. 얼마나 정성을 쏟으셨는지 공연이 끝난 후에는 무대 배경으로 사진을 찍기 위한 경쟁이 치열할 정도였다.

책을 각색한 후 주인공으로 변신하여 공연하셨는데 책 속 동물들이 눈앞에 나와 움직이니 아이들은 좋아서 어쩔 줄을 몰랐다. 나 같으면 공연이 끝나자마자 기진맥진하여 집으로 바로 갈 것 같은데, 선생님들은 다음 공연을 위해 자리에 남아 서로 의견을 나누셨다. 집에 가실 때 "감사합니다"라고 인사를 드리면 아이들이 즐거워하는 모습을 보는 게 큰 보람이라며 오히려 덕분에 행복하다고 말씀하셨다.

'어떻게 살아오셨길래 얼굴에서 저렇게 환한 빛이 나올

까?'

내가 선생님들을 처음 뵙자마자 든 생각이다. 구김 없는 밝고 따뜻한 선생님들을 뵈면서 큰 아픔 없이 살아오신 줄 알았다. 하지만 긴 세월 동안 굴곡 없이 살 수 있는 사람은 없었다. 어떤 선생님은 아픈 친정 부모님을 봉양하느라 본인의 삶을 살지 못하시다가 50대부터 동화 구연을 배우시고 어린이들을 위한 활동을 시작하면서 삶의 제2막을 여셨다고 했다. 각자의 사연이 있으셨지만 '그래서'가 아니라 '그럼에도 불구하고' 인생 후반기를 아름답게 가꾸어 가시는 모습이 존경스러웠다.

돈 받고 일하면서도 툴툴대는 나는 아무런 대가 없이 애써주시는 자원활동가 선생님들과 같은 공간에서 함께 지내며 나를 돌아보는 소중한 기회를 가질 수 있었다.

채우려 할수록 부족해지는 욕망을 향해 사는 나와는 달리 나눠줄수록 풍요로워지는 삶을 선택한 분들을 보면서 마음이 정화되는 느낌이었다.

인간은 주변 사람들에게 쉽게 영향을 받는 나약한 존재라고 생각한다. 내가 감히 접할 수 없는 아름다운 분들을 도서관이라는 직장 덕분에 만날 수 있다는 것은 큰 행운이다.

지금까지 쓴 것은 빙산의 일각으로, 도서관을 위해 다양한 분야에서 정말 많은 분이 도와주고 계신다. 책을 기증해 주시기도 하고, 책 읽는 사회를 위한 시민단체에서 행사용품을 지원해 주시는 등 물질적 도움을 주시는 분들도 있다. 도서관을 도와주시는 분들 덕에 도서관이 운영되고 있다고 해도 과언이 아니다.

유아실에서
전기가 통한다구요?

"선생님! 작년에 유아실 바닥에서 전기가 통한다는 민원이 있었어요. 그때 전기기사님이 오셔서 확인했는데 이상없다고 하셨고 검사 확인서를 주셨어요. 혹시 또 민원 들어오면 이거 보여주시면 됩니다."

어린이 자료실로 발령 난 후 얼마 지나지 않아 시설 담당 선생님께서 알려주셨다. 유아실은 아기와 엄마가 편하게 앉아 책을 볼 수 있도록 만든 좌식 자료실로 어린이 자료실에는 대부분 구비돼 있는 시설이다. 적지 않은 도서관 생활 동안 유아실 바닥에서 전기 통한다는 말은 듣지못했다. 이상한 분이거나 특이 체질이 있는 이용자라는 생각밖에 들지 않았다. 다시 민원을 제기하면 이상이 없다고 당당히 보여주리라 다짐하면서 알 수 없는 전기용어가 잔뜩 적힌 종이를 부적처럼 고이 모셔두었다.

걱정과는 달리 발령 후 몇 달간 민원은 없었고, 전기 사건은 서서히 기억에서 사라졌다. 어느 날 평소 도서관을 모범적으로 이용하는 단골 이용자가 오시더니 의외의 말씀을 하셨다.

"유아실 바닥에서 전기가 통하는 것 같아요."

"어머나, 정말요? 어디서 전기가 오나요?"

"여기 중앙 쪽이요. 이 부분만 오는 것 같아요."

"그래요? 저는 잘 못 느끼겠는데요."

"아까는 왔는데 지금은 안 오네요."

"아… 그렇군요. 그럼 혹시 다시 전기 오면 바로 저에게 알려주세요."

"네, 그럴게요."

이용자가 모두 나간 후에 혼자 유아실에 들어가 문제의 장소를 중점으로 손으로 만져보고 한참을 앉아 보고 납작 엎드려 누워 전기가 오기를 기다려 보았지만, 가끔 온다는 전기 손님은 나에게 방문할 생각이 전혀 없는 것 같았다. 신뢰할 수 있는 분이 말씀하셨으니 분명 뭔가 있을 텐데 심증만 있고 물증은 없으니 답답했다.

며칠 후 유아실에서 이용자가 헐레벌떡 뛰어나오셨다.

"드디어 전기가 왔어요. 빨리 와보세요. 여기 앉아있는 친구의 팔을 만져보세요."

"어머나! 왔나요?"

내 목소리는 흥분으로 떨렸다. 손끝에 온 힘을 실어 여학생의 팔을 이리저리 스쳐보았지만, 아무 느낌이 없었다. '무슨 전기긴 전기야' 하며 포기하려는 순간 '찌르르' 정전기 비슷한 게 손끝에 느껴졌다.

"어머, 어머, 뭔가 왔어요. 정말 전기 흐르네요."

내가 느끼고도 믿을 수가 없어 시설 담당하시는 선생님을 급하게 불러 이것 보라고 진짜 전기가 흐른다고 흥분하며 소리를 질렀다. 다음 날 바로 전기기사님이 오셨다. 길쭉하게 생긴 신기한 기계로 방바닥을 쭈욱 훑으면서 지나가시는 데 내가 전기를 느꼈던 부분에서 바늘이 흔들렸다. 손으로 느꼈던 것을 막상 눈으로 확인하니 당황스럽고 놀라웠다. 인체에 해가 갈 정도는 아니라고 하셔서 한시름 놓았지만, 작은 전기라도 이를 해결하기 위해서는 바닥을 다 뜯어내어 수리해야 한다는 살벌한 말씀을 덧붙이셨다.

"바닥을 다 뜯어요?"

생각지도 않은 상황으로 정신이 아득해졌다. 갑자기 어린이실 첫날 인수인계하면서 전임자가 의미심장하게 웃었던 기억이 떠올랐다.

"선생님. 축하합니다! 올해는 어린이실 장서 점검하는 해입니다."

2~3년에 한 번 자료실 전체 장서를 점검하는데 발령이 이리저리 나면서 용케 피해 가기도 하고 운이 없으면 계속 걸리기도 한다. 몇 달 동안 폐기할 도서 골라내고 장서 점검하느라 죽는 줄 알았는데, 또 유아실 장서를 다 옮겼다가 다시 넣어야 한다니! 올해 발령 운은 꽝인가 싶었다.

끈으로 묶어서 옮겨야 하나? 상자에 넣어야 하나? 책 순서는 어떻게 해야 망가지지 않을까? 마음이 분주해졌다. 친한 직원한테 나의 불운에 대해 하소연하니 전기공사는 시설 담당 부서가 알아서 하고 책만 신경을 쓰면 되는데 뭘 그리 스트레스를 받느냐고 했다.

진짜 무서운 것은 리모델링 공사라고 했다. 요즘 도서관은 '자료' 중심의 공간에서 '이용자' 친화적인 공간으로 변신이 한창이다. 최신 디지털 장비를 기반으로 창작과 교육을 지원하는 학습공간이나 소통과 휴식을 위한 문화 공간 마련을 위해 리모델링 공사가 여러 도서관에서 순차 적으로 진행 중이다.

통화한 직원은 도서관 리모델링 공사를 하면서 몸무게 가 5kg이나 빠졌다고 한다. 업체와 소통하는 부분이 가 장 힘들었다고 했다. 퇴근 후에도 조명이나 소품 등의 기 자재를 살펴보기 위해 대형 시장을 누비고 다녔다는 말 을 듣고 있자니 나의 볼멘소리는 쑤욱~ 들어갔다. 고생 스러웠지만 다 해놓고 나니 뿌듯하다며, 즐겁게 이용하는 지역 주민을 볼 때마다 행복해져서 다른 도서관으로 발령 난 지금도 공사한 도서관 근처를 지나갈 때면 가끔 들러 서 보고 갈 정도라고 했다.

때로는 공사가 끝난 후에 곤란한 상황에 처하기도 한 다. 도서관 창의학습공간 마련을 위해 리모델링을 하면서 남자 열람실을 없앤 것이 문제가 되어 민원이 쇄도한 경 우가 그 예다. 창의학습공간은 스마트 강의실, 창작실, 동 아리실 등으로 구성된 공간이다. 공사 시작 전에 4년간 남녀 열람실 이용통계를 분석하고 설문조사를 진행하여 결정하였지만 성차별 논란에 휩싸이게 되었다. 결국 남녀 공동 열람실에서 남자 열람 좌석 수를 늘리는 방향으로 일단락되었다고 한다. 인터넷 기사를 보며 새롭게 무엇을 바꾼다는 게 쉬운 일은 아니라는 생각이 들었다.

최근에 다른 도서관 직원이 건축 관련 야간 과정에 진학했다는 소문을 들었다. 전직을 위해 공부하는 줄 알았는데, 도서관 업무를 더 잘하기 위해서라고 했다. 요즘 도서관 공사를 겪으며 전문지식이 없어 답답한 일이 많아 공부를 결심하게 되었다고 했다.

사서는 책을 다루는 직업인 것 같지만 책을 담고 있는 도서관이라는 공간도 중요한 업무 영역이다. 힘든 리모델링 공사를 두 번이나 한 동료는 처음에는 죽을 것 같았지만, 두 번째 공사는 훨씬 수월해졌다며 자료실 전체 책을 다 빼고 넣는 과정에서도 배우는 게 있을 테니 긍정적으로 생각하라고 했다. 천만다행으로 유아실 바닥을 뜯지 않고 전류 누설을 방지하는 작업을 마쳤다. 새로운 업무 노하우를 익힐 기회는 놓쳤는지 모르겠지만 당장 고생을 면한 나는 한없이 행복했다.

바이러스 유행으로 변화하는
도서관

"선생님! 아이들이 컴퓨터 앞에 앉아 화면에 얼굴 내밀고 가만히 앉아있을 수 있을까요?"

"아이마다 다르긴 한데 생각보다 잘 있어요. 상호 작용을 위해 인원은 오프라인보다 줄이는 게 좋을 것 같아요."

"그렇군요. 최근에 독서 토론을 온라인으로 했는데 저는 힘들었거든요. 예전에는 다른 사람이 발표할 때 딴생각도 하고 핸드폰도 보곤 했는데 화면에 얼굴이 계속 나오니 초롱초롱한 표정을 유지하는 게 고문이었어요. 어른도 힘든데 아무래도 아이들에게는 무리일 것 같은데요?"

코로나가 등장한 2020년에 나는 어린이 자료실에서 근무했었다. 이 위기가 금방 해결될 것이라 믿고 처음에는 행사 일정을 잠시 미뤘지만, 장기화가 될 조짐이 보이자 최대한 비대면으로 바꾸는 시도를 했다. 하지만 어린이 수업은 즐거운 활동과 상호 작용이 핵심인데 온라인으로 한다는 게 비현실적으로 느껴졌다.

익숙한 행사라도, 진행하다 보면 예상하지 못한 여러 변수가 튀어나오기 일쑤인데 해본 적 없는 온라인 강좌라 더욱더 두려움이 앞섰다. 내가 초보이니 비대면 수업 경험이 많은 선생님을 섭외해야겠다고 생각했는데, 온라인 수업 초창기라 이조차 쉽지 않았다. 아이들의 흥미를 끌어내는 방법을 고민하다가 어린이 강좌에서 웬만하면 실패하지 않는다는 만들기에 승부를 걸었다. 수업 내용과 관련한 비누, 화분, 퍼즐 만들기 재료를 수업 시간에 활용할 독서 노트와 함께 신청자 가정에 배송했다. 재료를 소분하고 상자에 담으며, 수업이 잘되었으면 하는 간절한 소망도 함께 넣어 정성껏 포장하였다.

다행히 온라인 강좌 경험이 있는 선생님을 섭외하여 많은 도움을 받았다. 재료가 없으면 수업 참여가 어려우니 배송 확인 전화를 해야 한다는 것, 수업 당일 카메라를 꺼

놓는 경우가 있으니 홍보문에 '얼굴 공개 필수'라는 문구를 넣어야 하는 것 등 세세하게 챙겨주셨다. 도서관 내 수업 시간에 그림책을 읽어주는 것은 문제가 되지 않지만, 온라인상에서 활용하려면 출판사에 사전 허락을 받아야 하는 것도 새로웠다. 책 전부를 읽어줘도 된다고 흔쾌히 허락해 주시기도 하고 일부만 가능하거나 아예 안 된다고 하는 곳도 있었다.

요즘은 아이들이 화상회의 프로그램을 어른보다 더 잘 다루지만, 초창기라 익숙하지 않은 친구들을 위해 첫 수업 전에 20분 정도 시연 시간을 따로 마련하는 게 좋겠다고 하셨다. 새로운 길을 더듬더듬 걸어가는 게 쉽지 않았지만, 배워가는 보람이 있었다. 수업을 진행해 보니 생각보다 아이들이 집중을 잘하고 참여도가 높아 신기했다. 완성한 만들기 작품을 화면에 보이게 조심히 들어 보이는 모습을 보며 코로나 때문에 함께하지 못하고 혼자 만든 것을 화면에 비추어야 하는 현실에 씁쓸하면서도 열심히 참여하는 아이들이 사랑스러웠다.

선생님들의 말씀을 들어보니 온라인 수업은 아이들과 눈을 못 맞춘다는 게 제일 아쉽다고 했다. 어떤 분은 수업을 방해하는 친구를 음소거 기능을 활용하여 제지할 수 있어서 좋다고 하셨다. 초등 독서회를 운영했을 때 종횡무진 돌아다니면서 떠들었던 아이가 생각이 났다. 그렇게 힘든 상황을 버튼 하나로 해결할 수 있다니!

음소거 기능은 선생님께서 농담처럼 하신 말씀이지만 수업 광경을 상상해 보니 황당하면서도 웃겼다. 수업을 방해하던 아이는 음소거를 당해도 즐거워하며 행동으로라도 웃기려 한다고 했다. 이가 없으면 잇몸으로 산다는 말처럼 온라인 공간 안에서도 오프라인처럼 이야기 나누고 웃고 장난까지 치는 모습을 보며 비대면 수업에 대해 처음 품었던 부정적 인식을 거둘 수 있었다. 나이가 들수록 나의 경험 안에 생각이 갇히는 걸 조심해야겠다는 생각이 들었다.

그 밖에 어린이 자료실에서는 오프라인으로 했던 행사를 온라인으로 바꾸는 다양한 시도가 있었다. 함께 보는 도서를 소중히 다루자는 취지의 훼손 도서 전시는 카드뉴스로 대체하여 홈페이지와 인스타그램에 올렸으며, 독서퀴즈도 홈페이지 게시판을 통해 응모하고 정답자에게 기프티콘을 보냈다.

2021년에 어린이 자료실에서 사무실로 보직을 옮기게

되었는데, 제일 먼저 해야 할 일이 정보자료과 주요 업무 계획을 세우고 시의회에 보고하는 일이었다. 작년 초에 세웠던 계획들은 코로나 바이러스의 유행 여파로 진행에 어려움이 있었기에 올해에는 처음부터 바이러스 유행을 고려한 계획을 수립해야 했다.

부서 전체의 계획을 수립하는 것도 처음인데 코로나 바이러스 사태라는 변수까지 더해져 부담을 느꼈다. 시의회 보고 자료에는 큰 사업별로 올해 개선사항을 적어야 했는데 그 작은 칸들이 숨통을 조여왔다. 퇴근 후에도 도서관 관련 자료를 읽으며 기존 사업 중 개선할 점은 무엇이고, 올해 어떤 신규 사업을 해야 할지 고민했다. 아이디어를 잘못 내서 다른 직원에게 업무 부담을 줄까 걱정되었고 힘이 덜 들면서도 신박한 사업이라는 두 마리 토끼를 잡기 위에 잠을 이루지 못했다.

선무당이 사람 잡는다고 했던가? 처음이라 쓸데없이 고민을 많이 했던 것 같다. 고뇌에 빠졌던 수많은 시간이 무색할 정도로 직원들은 기발하고 다양한 신규 사업 아이디어를 내놓았다. 이용자가 참여하는 온라인 참고정보서비스를 홈페이지에 신설했는데 책 이야기뿐 아니라 살아가면서 겪는 고민을 나누고, 해결하는 데 도움이 되는 도서를 추천하는 등 따뜻한 정이 오고 갔다.

함께 책을 읽고, 감상을 나누는 온라인 밴드 기반의 독서 인증 프로그램을 운영하며 책 읽기를 독려하기도 했다. 가벼운 책부터 언젠가 꼭 읽고 싶지만, 쉽사리 다가가지 못했던 벽돌 책도 '함께'라는 마법으로 도전할 수 있었다. 코로나 바이러스 때문에 만날 수 없는 가혹한 현실에서도 척박한 땅을 이기고 잡초가 나오듯 온라인상에서 도서관을 징검다리 삼아 책을 중심으로 모여 정을 나누며 힘든 현실을 위로할 수 있었다.

바이러스 사태로 고통받는 지역 소상공인에게 조금이나마 도움을 드리고, 이용자에는 즐거운 독서 경험을 주기 위해 대출할 때마다 마일리지를 부여하고 목표 점수에 도달하면 인근 카페에서 음료를 마실 수 있는 쿠폰을 주거나, 스마트도서관 개관 이벤트로 추첨을 통해 인근 지역 서점에서 책을 살 수 있는 쿠폰을 주기도 했다.

소설 《파리의 도서관》에서는 제2차 세계대전이라는 암흑의 상황에서 책으로 희망을 전달하고 나치로부터 도서관을 지키기 위해 고군분투하는 사서들의 이야기가 나온다. 나치의 탄압으로 유대인 회원에게 책 대출이 금지된 상황에서 이방인으로 구성된 도서관 사서들이 전쟁을 피해 자국으로 돌아가지 않고 도서관을 지키며 독일군의 감시를 피해 유대인에게 책을 배달했다. 극한 상황에서도 책 한 권이 위로가 될 수 있다는 점, 그리고 불의에 저항하는 목숨을 건 용기 있는 행동이 놀라웠다. 책을 읽으며 바이러스가 창궐하는 전쟁 같은 현실에서 지역 주민에게 작은 위로를 드릴 수 있는 도서관의 역할은 무엇일지 고민하게 되었다.

코로나 바이러스라는 장애물을 넘기 위해 글짓기 대회, 인문학 강좌, 방학 독서 교실, 독서회, 그림책 전시 등이 전면 비대면으로 전환되었다. 코로나 바이러스라는 외부 요인에 의한 강제적 변화였지만, 다양한 운영 방식을 경험할 수 있는 계기가 되었다.

포스트 코로나 시대에는 뉴미디어의 발달과 새로운 생활양식의 등장으로 도서관은 '변화'를 뛰어넘어 '변신'을 할 것으로 예상된다. 과연 어떤 모습으로 펼쳐질지 사서인 나도 상상이 되질 않는다. 이 호기심은 일이 힘들 때마다 나를 버틸 수 있게 해주는 작은 동력 중의 하나다.

다시는
문 닫는 일 없기를

2020년 2월, 코로나19 바이러스 유행으로 인해 도서관 문을 닫는 초유의 사태가 발생했다. 믿기지 않은 현실에 무엇을 어떻게 해야 할지 막막할 뿐이었다. 곧 정상화될 거라는 막연한 확신으로 겨우 정신을 붙잡을 뿐이었다. 계획했던 행사들은 모두 취소되었고, 상반기 예약이 마감된 유치원 견학은 일일이 전화해 미루어야 했다. 천재지변으로 인해 어쩔 수 없는 상황이라지만 이용자에게 오지 말라는 말은 쉽게 떨어지질 않았다.

"이번 주 일정은 어렵게 되었습니다. 죄송합니다. 일단 2주 후로 조정해 드릴게요."

(2주 후) "저희도 내일 일을 알 수는 상황이라서요. 일단 당분간은 어려울 것 같은데요. 너무 죄송합니다."

(또 2주 후) "아무래도 상반기는 어려울 것 같습니다, 너무 죄송합니다. 하반기에 다시 신청해 주세요. 언제라도 다시 시작되면 연락드리겠습니다."

전화가 계속될수록 나의 목소리는 점점 작아졌다. 선착순 경쟁을 뚫고 힘들게 접수했는데 취소가 되었으니 하반기에 우선권을 주어야 할 것 같았다. 하지만 내 맘대로 바꾸기엔, 하반기에 새로 신청하려던 유치원들의 민원 소지가 있기에 플랜 A, B, C를 만들었다 무너뜨리며 고민에 고민을 거듭했다. 결국 그해 내내 어린이 대상 프로그램은 운영되지 못했고 나는 쓸데없는 걱정에 에너지만 낭비한 셈이 되었다.

매일 진행되는 그림책 읽어주기부터 주말 행사까지 줄줄이 연기에 연기를 거듭했는데, 도서관 수업 때문에 미리 시간을 빼놓으신 선생님께 기약 없는 연기 전화를 드릴 때마다 수화기를 든 나의 손은 떨렸다. 한 치 앞을 내다볼 수 없는 깜깜한 동굴에 갇힌 것 같았다.

"다음 주에 문 여나요?"

"죄송합니다. 저희도 모릅니다. 주말에 정부 발표가 나와 봐야 압니다."

"책은 어떻게 반납하나요?"

"반납함을 이용하시면 됩니다. 만일 휴관이 연장된다면 반납기한도 자동 연장해 드립니다."

"이미 연체 중인데 연기가 되나요?"

"죄송하지만, 연체 중이신 분은 연기가 되지 않습니다. 문은 닫아도 반납함으로 반납하실 수 있습니다."

"책도 빌려주지 않으면서 반납만 하라는 게 말이 되나요? 연체 날 수 올라가는 것은 정지시켜 주셔야죠.'

"휴관 전부터 연체 중이시기 때문에 어렵습니다. 죄송합니다."

겪어보지 못한 초유의 상황에서 예전에 없었던 항의와 문의도 계속 생기고 있었지만, 답변은 늘 궁색했다. 휴관으로 인해 파생되는 반납기한 연기, 예약 도서, 희망 도서 처리 등 불쑥불쑥 튀어나오는 문제들을 어떻게 처리할 것인지를 두고 긴급회의가 이어졌다.

도서관의 문을 열고 닫기를 반복하는 상황 때문에 없

던 규칙을 만들어 내야 했다. 이용자의 편의를 가장 우선으로 고려한다는 점에서는 한마음이었지만, 그 세부 사항에 대해서는 의견이 갈렸다. 반납기한 연기를 예를 들자면 도서관 문을 닫을 때는 어쩔 수 없이 반납기한을 연장하였는데 이미 빌려 간 사람은 좋지만, 책을 기다리는 예약자에게는 괴로운 일이 되었다. 새로운 문제들은 수시로 튀어나왔지만 해결 방안들은 각각 장단점이 있어 선택 자체가 고통이었다. 이 사람 말을 들으면 맞는 것 같고 또 저 사람 말도 들어보면 일리가 있었다.

평상시였다면 이미 경험이 있는 분들의 의견이나 타 도서관 선례를 참고할 수 있겠지만 갑작스러운 사태에 그런 게 있을 리가 없었다. 맨땅에 헤딩하기였는데 각자 업무 손익에 대한 입장 차이까지 더해져 토론은 싸움으로 번지기 일쑤였다. 얌전할 것 같은 사서들이 핏대를 올리고 회의 도중 의자까지 박차고 나가는 상황을 다른 사람들은 상상이나 할까? 사람의 얼굴 생김이 제각각 다르듯 사건을 보는 시각도 너무나 다르다는 것을 새삼 느끼는 순간이었다.

어쨌든 코로나 바이러스 유행으로 인해 다양한 버전의

운영 방식이 새로이 생겼다.

1. 대출은 가능하지만, 열람 좌석의 50%, 혹은 30%만 앉을 수 있음.

2. 대출은 가능하지만, 자료실 내에서 책을 볼 수 없음.

3. 문을 닫고 주간예약 대출과 택배 대출 서비스 제공.

4. 문을 닫고 택배 대출 서비스만 제공.

5. 전면 서비스 중단.

바이러스 유행 상황에 따라 운영 방식이 수시로 변경되자 도서관 내 게시판 안내문도 계속 바뀌었다. 처음에는 여기저기 붙여놓은 것을 다 떼고 다시 붙였지만, 나중에는 기존 안내문을 떼지 않고 그 위에 새로운 것을 살짝 붙이는 요령도 생겼다. 자료실 의자도 전부 빼고 다시 넣다가 상황 변화에 대응하기 쉽도록 책상 밑에 의자를 눕혀놓았다. 다른 자료실에는 의자를 빼서 가운데 몰아놓고 책상으로 가두는 아이디어까지 등장했다.

동기는 코로나 바이러스 유행 덕에 급한 성격을 고칠 수 있었다고 한다. 수시로 상황이 바뀌는 상황에서는 빨리 일을 처리하는 게 오히려 스트레스가 되었다고 하면서, 평생 갖고 싶었던 인내심이 약간은 생긴 것 같다고 했다. 코로나 바이러스란 놈이 얼마나 도서관을 어수선하게 만들었는지 절대 안 바뀐다는 사람의 성격까지 바꿀 정도였다.

당시 나는 1층 어린이 자료실에서 근무했는데 화장실을 가려면 현관 로비를 지나가야 했다. 휴관을 모르고 오신 분들이 망연자실하게 1층 안내판을 보시다가 지나가는 나를 불러 문의하시는 경우가 많았다. 한번은 할아버지께서 택시까지 타고 왔는데 문을 닫으면 어떻게 하냐고 화를 내셔서 정문까지 배웅해 드리면서 죄송하다며 연신 조아렸다. 어떤 분은 문을 닫는 이유를 따지는데 설명을 해드려도 같은 말씀을 반복하셨다. 혼자 힘으로는 버거워 휴관은 행정지원과 소관이니 담당자를 만나게 해주겠다고 했다. 다른 선생님을 소개해 드린 후 궁금해서 중간중간 나가서 보니 행정지원과 직원도 계속 바뀌고 있었다. 역시나 몇 시간째 진행되는 도돌이표를 한 사람이 감당하기는 어려웠던 것 같다. 비슷한 상황을 몇 번 겪은 후에는 화장실을 적게 가기 위해 물을 최대한 먹지 않았다.

휴관을 하면 직원들이 놀고먹는 줄 아시고 항의하시는 분들도 있었다. 하지만 주간예약 대출이라는 복병은 개관

때 대출 반납보다 더 힘든 일이었다. 주간예약 대출 서비스는 도서관 문을 닫는 동안 홈페이지를 통해 오전에 책을 예약하고 오후(추후 야간, 주말까지 확대)에 1층 로비에서 받아 가는 서비스다. 1인당 10권 대출이니 4인 가족 기준으로 40권 대출이 가능하다. 일반 책은 40권 가져가라고 하면 무겁다고 손사래를 치겠지만 그림책 같은 경우는 앉은 자리에서도 수십 권을 순식간에 읽을 수 있기에 최대한 많이 대출하려는 경우가 많다. 도서관 안에서는 유아들이 눈에 보이는 흥미로운 책들을 자유롭게 고를 수 있지만, '코로나'란 놈이 떡하고 가로막고 있으니 이용자는 책을 일일이 검색하여 신청하는 번거로움이 있고, 사서는 신청된 책을 전투적인 속도로 찾아야 하는 어려움이 있다.

찾으시는 책이 없거나 대출 권수 초과신청, 신청도서 변경 등의 돌발 상황으로 매일 몇백 권의 책을 처리해야 하는 현장이 아수라장이 되기도 했다.

찾은 책들은 찾아가기 쉽게 신청자별로 정리한 후 1층 로비에서 드렸다. 철저한 준비 없이 급하게 만든 제도에 이용자도 처음 접한 서비스라 신청을 안 하고도 했다고 우기시는 분, 신청 방법이 어렵다고 화내는 분 등 다양한 민원이 있었다. 민원에 시달릴 때면 겨우 참고 있던, 로비로 불어 닥치는 한겨울 바람이 더욱 매섭게 느껴졌다. 항상 그렇듯 고마워하시는 분들이 대부분이지만, 몇 분 때문에 마음의 상처를 받는다.

한번은 할아버지가 손주 책을 빌리러 오셨다.

"예약 대출 서비스 주말에도 하나요?"

"네! 일요일은 안 하고 토요일만 합니다."

"그러면 안 되죠!"

"네?"

(일요일도 열어달라고 요구하시는구나, 어떻게 답변드려야 하나. 머리에서 수만 가지 경우의 수를 생각한다.)

"그동안 도서관을 주말 내내 여느라 사서 선생님들이 고생하셔서 이번에 휴관이길래 좀 쉬시나 했더니 토요일을 여시다뇨. 안 되죠."

"네에? 호호호. 감사합니다."

한껏 긴장하다 생각하지 못한 말씀을 들으니 맥이 풀린 듯 웃음이 나왔다. 손주 책을 들고 가시는 뒷모습을 바라보고 있자니 마음이 따뜻해지며 한겨울 추위까지 날아간 듯했다. 의외로 힘든 상황을 버티게 하는 동력은 말 한마디 같은 아주 사소한 데서 온다.

하지만 표현되는 말 한마디 밑에 켜켜이 쌓여있는 타인

을 배려하는 마음과 고급 유머를 구사하는 성숙한 인격은 결코 사소하지 않을 것이다.

책 배포는 전 직원이 돌아가면서 담당했다. 한번은 당번이라 꼼짝없이 로비에 묶여있는데, 의원 요구자료가 내려왔다는 연락이 왔다. 이용자가 뜸할 때 틈틈이 공문을 보니 두 부서에 걸쳐있었다. 어느 부서가 해야 하나 어떻게 답변해야 하나 고민되었다. 잠깐 딴생각을 하느라 집중력이 흐려졌는지 제대로 사고를 쳤다. 책을 찾으러 오신 분이 신청한 책을 이미 다른 분에게 줘버린 것이다. 가져가신 시간이 꽤 지났고 너무 놀라 전화를 드렸더니 흔쾌히 다시 돌아오실 수 있다고 하셨다. 죄송해서 어쩔 줄 모르는 내게 괜찮다면서 많은 책을 다루다 보면 실수할 수도 있다고 오히려 위로해 주셨다.

까다로운 분이었으면 어땠을지 상상만으로도 가슴이 떨렸다. 문득 하늘을 보니 눈이 펄펄 내렸다. 예약 대출 장소가 현관 앞이라 유독 눈이 잘 보였는데 하늘을 올려 보며 눈 내리는 모습을 보기도 오랜만이다 싶었다. 힘든 가운데 작은 위로가 되라고 따뜻한 분과 아름다운 눈을 하늘에서 내려준 건 아닌가 하는 이상한 생각이 스쳤다.

휴관을 하면 직원들이 논다고 오해하시는 분들이 많았지만, 주간예약 대출 외에도 문 여는 동안 하기 힘든 일들을 몰아서 했다. 자료실 장서 점검을 하고, 과밀서가 공간 조정을 위해 도서를 보존 서고로 옮기거나, 디지털 자료실 내 DVD를 꺼내어 먼지 제거 및 소독 작업도 했다.

게다가 우리 도서관은 주간예약 대출이 중지되더라도 택배 대출 서비스는 하는 경우가 대부분이었다. 홈페이지를 통해 신청된 책들은 종이 상자에 담아 택배로 보내드리는 비대면 서비스다. 주간예약 대출이 정지되면 택배 신청이 급증하는데, 한번은 화장실 가다가 곧 이사할 것처럼 현관 로비에 천장에 닿을 듯이 쌓인 상자를 보고 깜짝 놀란 적이 있다. 담당자는 코로나로 인한 택배 물류 급증으로 종이 상자 수급까지 어려워 걱정이라며 한숨을 쉬었다. 휴관 중 도서관 소식이 궁금한 이용자를 위해 인스타그램을 개설하여 사서의 일상을 공유하기도 했다.

이제 위드 코로나에 맞추어 도서관도 활짝 문을 열었고 대면 프로그램도 재가동되었다. 더불어 새로운 시대에 맞는 도서관으로 거듭나기 위해 분주히 움직이고 있다. 하지만 예전의 충격이 문득 떠오를 때면 정신이 아찔해진다. 더 이상 새로운 비상을 꿈꾸는 도서관 발목을 잡는 일은 생기지 않았으면 좋겠다.

글을 쓰면서 도서관에서의 하루하루가 주마등처럼 스쳐
갔다. 힘들었던 기억에 눈물이 흐르기도 했고, 고마운 관
장님이 생각나 연락을 드릴까 고민도 했다. 이미 퇴직하
신 분이라 연락드릴 용기가 없어 전화기만 몇 번 들었다
놨다 했지만 말이다. 마지막 날 도서관을 떠나시던 관장
님의 뒷모습이 생각났다. 20년을 다니다 보니 20대에 만
났던 지금 내 나이의 분들이 하나둘 퇴직하고 있다. 그땐
까마득하게 느껴졌는데 눈 깜짝할 사이에 내가 40대가 되
었다니 믿을 수 없다. 그래서일까? 퇴직하시는 분들의 뒷
모습에 자연스레 내 모습이 겹친다.

'30년 넘게 다니던 직장을 나가는 마음은 어떤 것일까?'

떠나가는 뒷모습을 바라보는 나의 마음은 춥고 떨렸다. 생계 수단이라 어쩔 수 없이 버틴다고만 생각했는데 부러운 마음이 아니라 슬픈 감정이 드는 이유를 알 수 없었다. 어쩌면 도서관의 의미와 소중함도 잃은 후에나 깨닫게 되는 건지 모르겠다. 막상 퇴직하시는 당사자들은 밝은 표정으로 나가지만 아무래도 나는 끌어낼 때까지 울면서 도서관 정문을 붙잡고 늘어질 것 같다. 그 정도로 도서관을 사랑하는 건지, 아니면 복권이 당첨되어 내 발로 당당히 못 나가고 나이 들어 내쫓기는 게 서러운 건지, 많은 시간과 노력을 들인 곳에 대한 단순 집착인지 확실치 않지만 말이다.

공공도서관은 지역사회 소통의 구심점으로 책 중심에서 사람 중심으로 축이 이동하고 있다. 즉 사서는 사람과의 부대낌이 많은 직종이다. 그래서인지 나도 모르게 사람 이야기를 많이 쓰게 되었다. 특이한 이용자 이야기를 너무 많이 썼나 싶기도 했는데 흥도 관심의 일종으로 애정이 있어야 가능하다고 생각한다. 또한 글의 소재가 될 정도로 특이하진 않지만, 평범하고 따뜻한 분들의 이야기가 내 마음에 차고 넘치는데 소개하지 못해 아쉽다. 어쩌면 내가 도서관을 떠날 수 없는 이유는 바로 '도서관에서 만난 사람들' 때문인지도 모르겠다.

김초엽 소설 《우리가 빛의 속도로 갈 수 없다면》의 〈관내 분실〉 편에서는 도서관이 책은 없어지고 죽은 사람을 가상으로 보여주는 '마인드' 보관소로 변했다. 소설처럼 혹시 종이책이 없어지더라도 도서관이 죽은 사람의 마인드를 모으는 장소가 아니라 산 사람들의 마인드(마음)가 모이는 곳이 되었으면 좋겠다. 기계가 절대 대체하지 못하는 함께 울고 웃는 사람 냄새 나는 곳으로 말이다.

일하는사람 #011

사서, 고생

초판 1쇄 발행 2023년 1월 18일
초판 3쇄 발행 2023년 12월 7일

지은이 | 김선영
발행인 | 강봉자, 김은경

펴낸곳 | (주)문학수첩
주소 | 경기도 파주시 회동길 503-1(문발동 633-4) 출판문화단지
전화 | 031-955-9088(마케팅부), 9530(편집부)
팩스 | 031-955-9066
등록 | 1991년 11월 27일 제16-482호

홈페이지 | www.moonhak.co.kr
블로그 | blog.naver.com/moonhak91
이메일 | moonhak@moonhak.co.kr

ISBN 979-11-92776-20-0 03810